你不在时，我忙着长大

你不在时，我忙着长大

王子瑜

当前社会上有一种观点，
“好人”一旦做了坏事，
就会被舆论压死，
但“坏人”做了好事，
却是“浪子回头”。
平心而论，
大家觉得公平吗？

即便你一无所有，

但你还有为生活奔波的勇气，

有不甘于现状的决心，

你就已经比多数人富有了。

王子瑜

你不在时，我忙着长大

每个人都是他人行动的英雄，

却是自己行动的矮子。

王子瑜

你不知道，

顺其自然才是你给自己不去努力的理由。

王子瑜

我就这样看着你从我的世界里消失，

渐行渐远。

我没有挽留，

而你头也不回。

王子瑜

在朋友圈里，

我们所看到的他人的一切，

都是他人想让我们看到的，

是苦心塑造出来的。

王子瑜

很多时候，

我们并不是需要别人给我们一个答案，

而是需要别人来肯定你心里的决定。

王子瑜

什么是成长？

成长就是在人生的旅途中，你虽然在踉踉跄跄地受伤，

但是你也在跌跌撞撞地坚强。

王子瑜

你不在时，我忙着长大

你不在时，我忙着长大

你不在时，我忙着长大

你不在时，我忙着长大

王子瑜 著

吉林文史出版社

图书在版编目（CIP）数据

你不在时，我忙着长大/王子瑜著. —长春：吉林文史出版社，2018.3

ISBN 978-7-5472-4959-8

Ⅰ.①你… Ⅱ.①王… Ⅲ. ①随笔—作品集—中国—当代 Ⅳ.①I267.1

中国版本图书馆CIP数据核字（2018）第037361号

你不在时，我忙着长大

NI BUZAI SHI WO MANGZHE ZHANGDA

著　　者：王子瑜
责任编辑：张雪霜
封面设计：已　非
印　　刷：三河市鑫鑫科达彩色印刷包装有限公司
规格开本：880mm × 1230mm　1/32
印　　张：8.5　字　　数：150千字
版　　次：2018年3月第1版　2018年3月第1次印刷
出版发行：吉林文史出版社（长春市人民大街4646号）
网　　址：www.jlws.com.cn
书　　号：ISBN 978-7-5472-4959-8
定　　价：48.00元

如发现印装质量问题，影响阅读，请与印刷厂联系调换。

版权联系电话：010-87777109

目　　录

1.鸡汤不如酒

如果一个人总是需要鸡汤的安慰与鼓励才能生活，我只想说，你可能永远无法成功。

生活从来不会让你事事如意，更不会让你安逸。虽然每天工作繁杂，但并不妨碍我得空的时候看书、写字，或者用心地欣赏微信里发布的每一条朋友圈。是的，微信里发布的每一条朋友圈，我都抱着谦逊且虔诚的心态视之，毕竟这一隅之地也算得上是社会百态的一个缩影，而我要学的总是太多。朋友圈里不乏有一些入情入理精彩绝伦的文章，但也有一类文章总让我叹息，那就是所谓的鸡汤文。

有一类人，他们生活得不尽人意，找不到人生的方向，游弋在脆弱的旋涡里不能自已。他们急需要获取能量，得到别人的认可，他们就是鸡汤文的追捧者。

读者迷糊了，你的这本书不就是所谓的鸡汤文吗？你怎么反鸡汤了？请不要误会，我并不是说这种文章不能看，我写我的，你看你的，两者并不冲突。重点在于你看过之后是否有自己的判断，能得出自己的结论，而不是过度沉迷，像傻子一般张嘴闭嘴地“引经据典”还自觉口齿含香。不要以为这样的人离你很远，仔细想想，你在生活中一定见过这类人。

人之所以不同，是从小到大的经历不同，所处环境不同，所以对待事物的认知、看法也不尽相同。可以说，世界上没有两个人的经历是一模一样的。他人的成功无法复制，看得再多，那也是别人的人生。既然如此，又怎么能用他人的例子来证明自己的正确性，还当作教条般地信奉呢？

你为什么喜欢看鸡汤文？因为那些自带光环的鸡汤文，温暖而又笃定，总能引起你的共鸣，令你深信不疑。承认吧，当你被它俘获的时候，恰恰暴露了你内心缺乏信念、懒惰且不懂得思考的缺点。无根之人必定人云亦云。

写到这里，我脑海中已经浮现出你读文章时专注的样子，读罢，再对文章的言论由衷地感到认同，感慨着作者写得太有道理了。嘿！请你仔细想想，作者讲的真的那么言之有理吗？我看未必！鸡汤文大多是积极健康的正能量，但亲爱的，生活是一回事，坐在空调房里敲键盘又是另外一回事，生活远比文章不堪，很多道理在现实世界是行不通的。

鸡汤文的核心离不开故事，既然是故事，我想大家都懂得，说好听点儿那是想象力丰富如同天马行空，说难听点儿那是胡编乱造迎合大众口味。对不起，事实就是这样。但你没有独立思考问题的能力，抑或是心甘情愿地被麻痹，所以完全没有意识到事情的严重性，依然乐此不疲地转载发送。更令人捧腹大笑的是，你认为自己内涵爆表，顺便还玩了把委婉的优雅，毕竟正能量的事情谁会鄙视呢？

鸡汤文就是一味补药，虽然偶尔阅读的时候有益身心，但治标不治本，容易让人形成依赖性。当你每每“受教”，似乎是找到了人生的方向，有种天高海阔任我飞和管他东南西北风的错觉。你在天空翱翔了一段时间，失落、迷茫的情绪又接踵而来，你才发觉补药的药效短、上瘾快。

世界的精彩之处就在于下一秒的未知，不知是忧是喜，是福是祸，是得是失。所有不良的情绪从出生就有，遇到问题，首要的是先学会解决问题。从娘胎里带出来属于孱弱体质，那你就强身健体，从根本上解决掉孱弱体质，你这样天天喝补药是想百年之后变成冬虫夏草造福人类吗？偶遇挫折，失落迷茫，那就让自己变得强大坚强，直到你不需要用鸡汤文去支撑你的人生为止。是药三分毒，鸡汤文最大的危害是扼杀你独立思考问题的能力，误导你对现实的判断。

俗话说，打铁还需自身硬，鸡汤文给予你的从来都只是一条捷径，快速获取能量，立刻满血复活。但别忘了，走捷径的人最终不会完美收场。你莫不如喝一顿酒，走自己的路，悟自己的人生。届时，岁月静好，望云卷云舒。

2.独立的女人最可爱

虽然现在有人提倡“难得糊涂”，但是总有些人太过糊涂，以至于不清楚自己的位置，不明白自己的角色。小童就是这样的女生。

小童有美貌，有学历，还有一个交往两年的男友。小童的男友是她上大学时开始交往的，如今小童已经毕业。小童的男友是她的大学老师，因为闺蜜组织的一次饭局，小童接触到了比自己大7岁的男友阿明。当时小童和阿明都处在失恋期，两人都是北方人，性格比较豪放，阿明表明心意后小童毫不犹豫地答应了，并且两人快速同居住在了一起。

由于阿明年纪比较大，事事都顺着小童，因此小童曾趾高气扬地跟阿明前女友炫耀，她觉得自己的生活幸福又美满。阿明虽然是老师，但在校外开了自己的公司，算是事业有成、有车有房的有为青年。

两人同居之后，小童经常去阿明的公司。阿明在公司跟女员工交接工作时距离过近，小童因此没少跟阿明生气，让阿明在公司跟女员工保持距离。阿明公司的事情，小童有时候也会插手表达意见，两个人常常因为意见不合而吵架。公司聚会或者阿明和客户吃饭，小童总是要求自己也到场。

久而久之，阿明渐渐地不再让小童去公司，也不让小童插手工作的事情，出差吃饭也不再带上小童，小童因此闹过无数次离家出走。每次出走，小童都跟朋友和闺蜜说阿明如何对她不好，于是有的朋友劝小童离开阿明。小童正处在青春年华，就把自己的一辈子赌在阿明的身上了。小童甚至觉得她离开了阿明，阿明年纪那么大了，他很难找到结婚的对象。阿明的父母又催促他早点儿结婚生子，所以每次吵架之后，阿明只要认错，小童就会原谅阿明。

他们都见了双方的父母，准备小童一毕业两人就结婚。但是现在小童毕业了，阿明却一直没有提结婚的事情，还有意无意地暗示小童出去找工作。小童本来打算考研，但是始终三天打鱼两天晒网，这让阿明觉得她还不如出去找份工作。

一次，小童不知道从哪里听说阿明曾经出过轨，就跟阿明闹，逼着阿明说明出轨的过程。阿明最开始一直不承认，后来觉得疲惫了，就承认了出轨的事。小童闹着分手，离家出走了，一走就是一个星期。这期间，小童还是会给阿明的朋友圈点赞，希望阿明能够挽回她。她觉得阿明错了，一定要阿明认错才会原谅阿明。

阿明在朋友圈里一点儿也没有透露出伤心来，还是正常地工作，正常地生活。这时候小童开始着急了，四处找人咨询。

我听完这个故事，作为男人，我的直觉告诉我，阿明是不会去挽回她了。一个人在感情中处于弱势时，如果再强加干涉对方的一切，不但不会让对方感激，反而会生出别的误会。小童是一个刚毕业的大学生，不去找工作，反而对男友的事业指手画脚，把自己定位成了女主人，过早地活成了一个管家婆。

对于自己的人生，小童也不曾负起责任，她陷入了自己给自己布置的罗曼蒂克里：有一个事业有成的男朋友，自己可以甩手当阔太太。但是她忘记了，他们还没有结婚，一个男人如果爱你，想跟你一起走过下半辈子，他是不可能不会有所表示的。

小童还存在一种致命心理，那就是担心自己的离开会让阿明找不到结婚对象，她太天真了。30岁对于一个男人来说，正是大展身手的好时机，不愁没有青睐者，况且还是一个在事业上有所建树的男人。男女双方不管是在一起还是已经结婚，都不能忘了自己还是一个独立的人，依附的关系纽带早晚会产生危机，就算没有危机也会存在隔膜。

女性朋友们千万不要以为找到一个经济型的男朋友之后就可以安然无忧了，要记住，越是有能力的人，就会越发欣赏有内涵的女人，而不是一个只会吵架和离家出走的女人。男人需要的是一个后盾而不是去养一个闺女。

如果有像小童这种情况的朋友，那么请一定要警惕了，不要觉得自己活在浪漫的童话里，因为给你创造童话的这个人随时有可能去给别人创造童话。可以偶尔浪漫，但不能觉得别人给的浪漫是理所当然的。不管是任何感情，都需要相互给予，而不是单方面地索要和干涉。

阿明是爱小童的，最开始爱小童的单纯、美貌和健谈，但是也渐渐烦恼小童的多管闲事和猜疑，最后逐渐忍受不了小童这样的无理取闹。如果小童能早点儿认清自己的处境和目标，也不会到最后一无所有。

可见，男人的喜欢是有阶段性的，喜欢到一定程度升华为爱，爱到一定程度自然而然转化为亲情，或者中间夭折。男人会回到现实中来考虑问题，考虑未来，考虑生活，考虑工作；而女生，一旦喜欢上了谁，就会越陷越深，让自己无路可退。男人用现实的思维考虑问题时，女人总会掺杂个人情感在里面，觉得她的男人已经不爱自己了。

其实，每一段感情都是相互的，你投之以桃，我报之以李。你不能一无所有而让别人死心塌地地去爱你，同样，你也不会去爱一个一无所有的男人。俗话说，始于颜值，陷于才华，忠于品行。爱一个人，永远不要失去自己，不要完全去依附另外一个人，要增强自己的技能，让对方接受你，这样就能发现很多惊喜。一个不断更新自己的人，每天都有做不完的事和学不完的知识，他不会每天去计较在爱情里面的得失，去监视爱人的一举一动。只有自己活得足够精彩，身边的人才会觉得你值得被更好地对待。

所以，女人应早点儿认清现实，男人的承诺可以听，但是不能全信。自己一定要有一份工作和自己的爱好，能有所建树，永远做到让自己有路可退，这才是一条康庄大道。

3.解决暗恋的策略

××：

初中那年，我第一次关注一个人。那个人是我的同桌，他是一个腼腆的男生，无论做什么事情他都会脸红，甚至连吵架都会脸红。我们吵过好多次架，而且每次都是以他的道歉结束。我总认为，我的同桌很有绅士风度。可是后来班主任调座位，我与他分开了，我们中间隔着好大一条鸿沟。

犹记得那天下午，我刚走进教室就看见我的新同桌。不知怎么回事，我将目光投向我的老同桌，看着他和他的同桌言谈甚欢，心中莫名难受。我坐到座位上长叹了一口气，开心的是我这个角度看不到老同桌，至少我不用承受他们相谈甚欢的心理压力；不开心的是我想看他，哪怕只是看他一眼。因为心里烦躁，我准备把书从抽屉里拿出来，这时我好像摸到了一个圆圆的东西——番茄。番茄的下面有一张纸条，“送给你，要开开心心的”，纸条上面还画了一个笑脸。看着这熟悉的字迹，一定是他做的。那一刻，我心里暖暖的，原来他这么在乎我。

不知道为何，我没有吃这个番茄，字条也一直在它下面放着。我每天都重复做着一件事——跟番茄说话，把我想对他说的话都告诉番茄。看着即将腐烂的番茄，我心痛，我不知所措。那一天我路过一个商店，我买了一个番茄，把原来腐烂的番茄扔掉，还把那张纸条放在番茄的下面。一如既往，我还是每天看着它，每天对它说话，尽管我知道那已经不是原来的番茄了。我一直坚持这个习惯，番茄快要腐烂了就再去买一个。

就这样，我坚持到初中毕业，一场公开考试将我们彻底分离。望着无情远去的大巴车，我始终不敢告诉他我对他的爱恋。

安安：

有人这样评论暗恋：归根结底，暗恋是一个人的独角戏，擅自决定地叫来另一个人陪伴，给他带上了主角的光环。也有人说，暗恋是那个埋藏在心底的人，当你看到“暗恋”一词的时候，你头脑里想到的那个人就是暗恋对象。还有人说，暗恋就是你所有的联系方式里不备注姓名也能将号码记得滚瓜烂熟的人，而你与他的通话记录却显示是零。

你认为你的暗恋是什么，是简单地默默喜欢一个人吗？暗恋并不一定意味着你具有内向的性格，你只是喜欢偷偷地表达内心的想法，悄悄地表达对一个人的依赖。其实，你在朦胧年纪里暗恋的对象可能并不是一个具体的人，而是被这个人所显露出的一些气质所吸引，被这个人所具有的人格魅力所吸引。暗恋所承载的往往是一个人的全部幻想。这种幻想很美好，是一个人对美好的憧憬、对未来的向往寄托在一个具体的人身上之后的表现。

当你们调换座位时，你心里纠结。你觉得偷偷看他一眼，就已经很满足。但是现实告诉我们，暗恋具有两面性。暗恋是美好的，也是感伤的。你默默地不打扰他的生活，整天对着番茄说话，将自己冰封在他生活的一角，难道你希望某一天他的身边站着某一个人的时候，你那场在内心上演的独角戏才能有结局吗？还不曾拥有，却要体味失去，试问你真的打算一直这样默默地暗恋下去吗？

摆脱暗恋的策略来了：

一、用暗示性告白结束暗恋

1.眼睛是打开心灵的窗户。

你之所以暗恋了整个初中时代，那是因为当时的你没有直面他的勇气，那么用暗示就是最好的办法。用眼神检测他是否喜欢你。你可以多次用看起来很不经意的眼神和他碰撞，看看他是否回应你的眼神，不要不敢直视他。你说当时你处的那个角度看不到他，你有点儿小庆幸，如果存在这种心理，那么只怕你永远都不敢迈出第一步，可最后难受的是自己啊。

2.不经意地回首遥望。

每一次你与他分别，你都应该回首遥望，让他知道你在乎他。他看到后，或许会有回应，而这简短的回应就是你暗示的开始。

3.间接表白。

你暗恋那么长时间都没有开始行动，那么直接表白会显得有些突兀。采用短信表白、书信表白，或者其他方式表白，勇敢地把你的想法说出来，就不会留有遗憾。你要知道，遗憾比失败往往更会让我们难以忘怀。

当你将心中所想告诉他时，你是不是很希望他立刻答应跟你交往？这种想法太过于直接。你要明白，暗恋这么长时间是源于你把所有的美好都寄托在他的身上，而你和他还没有了解清楚。即使你们彼此都对对方有好感，这离情侣那一步还相差甚远。你们仅仅只是喜欢而已，离爱还差一大步呢。所以，请先试着做朋友吧。不要急，顺其自然，如果有缘，一切都会水到渠成。

另外，如果被拒绝，那就勇敢点儿，长痛不如短痛，至少你现在知道他心中的想法了，对吗？那你下一步就应该尝试着忘记他。爱一个不爱自己的人，何苦呢？

二、继续暗恋

对于初中时代的你，暗恋只是青春的懵懂。你保持继续暗恋的状态，你的情绪起伏会很大。你会因为他而欢乐，会因为他而痛苦，他的表现时时都牵动着你的情绪。

可是，让你保持继续暗恋的状态仅仅只是让你明白，你对他只是喜欢，所以请放下你的紧张情绪。人家想看到的一定是一个正常的你，一个在内心中小鹿乱撞的你。而你要做的就是在暗恋的旅途中，不管用什么方式，都一定要让他明白你喜欢他。让他知道你心中的想法，这并不丢脸。

三、忘记

1.忘记一个在自己心里占有一定分量的人，谈何容易。既然有“忘记”这个词，说明这也不是不可能的。多和朋友去玩，去旅游，散散心，沉淀自己浮躁的心绪；多找点儿开心的有意义的事情做，明白没有他自己也能很快乐，也有生活的价值；多看一些幽默的书刊，看一些喜剧电影，学会放下，尝试忘记。

2.时间是治愈暗恋最好的良药。随着时间的流逝，随着你接触的人越来越多，一切都会放下的。

四、总结

暗恋是一种没有回报的爱，自己心甘情愿地为另一方付出。这跟单相思的意义差不多，仅仅只是单方面默默地保留在心中的这份爱。暗恋一个人，也许在不久的将来回忆起来是值得品味的，是美好的，但同时也是令人感慨的。有人说，暗恋给人带来一种动力，你可能会因为喜欢一个人而奋进，而努力。也有人说，如果你真的暗恋一个人，不要给他任何表示，学着以友谊的方式去爱恋一个人，这样你也可以保留一份美好的回忆——那个时候，你曾经喜欢过。

当然，暗恋最大的悲剧是多年以后你才知道，原来对方也暗恋着你。所以，应该怎么做你可以随着自己的心境而转换，看看自己能承受多少。

4.收起你的玻璃心

来自××的信：

秋花秋月何时了，心情的好坏总是受到外界环境的左右。从小到大，我都是父母长辈眼中的乖孩子，成绩优秀，懂事听话。可是谁又知道，除了家庭这个避风的港湾，我又有多少酸楚，多少冷漠……

我依旧忘不了上小学时，期中考试结束被老师当场表扬后，我志得意满，眼角眉梢都藏着掩饰不住的喜悦。可是老师又当着全班同学的面，狠狠地泼了我一盆冷水，告诫我切不可骄傲自满。当时我的脸瞬间红透了，恨不得找个地洞钻下去。

从那以后一连一个星期，我没和同学说过一句话，因为我受不了同学的讥笑，甚至他们一个不经意的目光，我都感觉他们是在讥笑我昨天的尴尬。

我依旧忘不了上高中时，我一人住校去县里最好的高中求学，被老师安排在教室的最后一排，一坐就是三年。我努力上课好好表现，希望引起老师的注意，能将我调至前排。但是我羞羞怯怯的表现，却引起周围同学的窃窃私语。沉默寡言的我和同学的关系也一直淡淡的。我上高中时最大的遗憾是连一个知心的朋友都没有，因为我是一个从农村里走出来的孩子。

我依旧忘不了在大学校园自由的环境里，半只脚踏入社会，一切都只能靠自己，突然面对一群陌生的人、一张张陌生的面孔时我心里的无助与忐忑。我向别人询问时，别人爱答不理，我会愣上小半会儿，呆呆地回不过神来。若是偶尔能得到对方耐心的答复，我内心则激动不已，久久不能平息。

最让我难以释怀的是我交往过的第一个也是唯一一个前女友，遇见她是我一生中最难忘的时光。她不计较我是一个闷头葫芦，也不计较我沉默少语，她钟爱我对她的体贴心细。但是，我们最后依然分道扬镳，因为她可以接纳我的沉默，可以接纳我的不够幽默，却无法接纳我的一颗敏感的心。

我的回复：

耐心地读完××的自述，作为一个奋斗打拼的年轻人，我能真真切切体会到××彷徨纠结的心路历程。××这种悲秋伤春、总是因别人的语言或行为而黯然神伤的心理状态，属于典型的人际关系敏感，也就是网络上所称的“玻璃心”。这类人群在当今这个社会相当普遍，尤其是从独生子女家庭中走出的孩子，他们很容易受到打击，内心过于敏感，有时候甚至别人不经意的玩笑或者打趣，也能使得他们敏感的心灵受到打击和伤害，使得他们胡思乱想。

我想对××说，人生的旅途就是这样一步一步从稚嫩走向成熟的过程。处于独生子女的家庭，可能父母从小就帮你什么都安排好了，遇到什么困难，父母都会挺身而出，替你遮风挡雨，以至于导致你现在对父母和朋友存有过大的依赖感，内心仍然不够独立，导致你面对外界环境时感到力不从心，内心的安全感不够，这是不够自信的表现。同时，你从小受到父母过多的庇佑，你对自我的认可总是通过别人的肯定来实现，别人的一喜一怒往往都会牵动你敏感的神经，使你患得患失，喜怒无常。

改变你现在的状态，主要从两个方面入手，增强自信心和培养独立性，这两点是相辅相成的。强大的自信心可以更好地帮助你实现生活独立，而独立生活积攒的人生经验又反过来可以帮助你增强自信心。

首先是增强自信。自信是改变玻璃心的前提条件。通过分析你的个人经历，我认为造成你容易敏感的神经的原因主要是与你儿时父母过多的溺爱有关，以至于你遇到困难总是想着躲避，而缺少直面困难的勇气和信心。所以当务之急，先从你增强自信开始。

增强自信可以从日常生活的种种细节出发。每天清晨或者入睡时，给自己积极的心理暗示，相信“我能行，我可以”。通过这样反复的练习，以后你在遇到问题时，你的潜意识会告诉你不要逃避，你开始相信自己有独立解决问题的能力。

积极融入社会交往中去，多与朋友交流沟通，大胆地提出自己的看法，坦率地表露自己的心声，这样你才能接纳自己。在社交的过程中，你所遇到的陌生人刚好是你锻炼自己的最佳时机。

还有重要的一点就是充实自己的生活。除了工作和学习之外，生活中还有很多丰富精彩的地方等待你去探索。“世界这么大，我想去看看”，培养几种自己喜欢的东西作为兴趣爱好，趁着空闲时间或者情绪不好的时候，疏散疏散心结，当再次回首时你会惊奇地发现，再难熬的坎儿也不过如此。

其次是摆脱依赖，走向独立。人兼有社会属性和自然属性，只有真正融入社会，你才能算是一个真正的人。人们常说，“走自己的路，让别人说去吧”，你是这个世界上独一无二的存在，没有任何人可以代替你，也没有任何人可以轻易否定你，你的自我存在价值不需要别人去肯定，只需要遵循着自己的本心就可以。

天行健，君子以自强不息。在以后的工作和学习中，你一定要充分发挥自己的主观能动性，积极主动地创造出适合自己的生存环境，因为在你积极改变的过程中，你已经将人类最主要的自我意识、独立意识、想象力等创造性思维充分发挥出来。将工作和生活中可能发生问题冲突的解决主动权掌握在自己手中，而非被动地去适应环境的变化而疲于应付种种问题。

高速发展的世界，熙熙攘攘的人群，想要有属于自己的一片天地就必须有独立精神，这也是你敏感的心灵最强大的抚慰剂。

5.愿你的努力不负青春

几天前，有一个女孩在微博上和我聊天，聊天的内容很有意思。

她先向我抛出了一个问题，她问我："有一个春天夹杂在寒冬和酷暑之间，让人还没有反应过来，这个春天就已经消失不见，这个阶段是人生的什么阶段？"我当时很疑惑，这个时间段很难猜测，高考、考研或是工作忙碌的时候，都有可能是它的正确答案。女孩描述的这个人生阶段明显是为了达到某一个目标而在与时间赛跑，争分夺秒追求着自己的目标。

当我查看女孩的微博资料时，发现她只有十八岁，我果断地按下回复键“高考”。女孩十分惊讶，惊讶我居然猜对了。她接下来向我倾诉：“高三的生活真的好累，我快坚持不下去了。”我回想着高考前整日埋在书海里学习的学子，整日都是做不完的习题，整日都被梦想追赶着，可是他们只能默默承受。我回复女孩：“今日不搏何时搏？努力吧，愿你的努力不负青春。”人生的一切损失都可以弥补，人生的任何痛苦都可以被抚慰，唯有我们同青春告别时，有些东西永远不会回来。趁着青春，趁着年轻，拼搏吧。

女孩还是很疑惑，还是卸不下高考对她的压力，我便给她讲了一个故事。

高考那一年，许多人都是仓皇而过，小A和他的室友也不例外。看着黑板上高考的倒计时钟表，小A的室友和远在美国的笔友从过去每天的短信联系变成了写邮件，从之前的一天一封变成了一周一封。小A从前一周看一本小说，现在已经不看小说了。他们两个人，都认真虔诚地投入到了学习中去。

然而，每一次的考试成绩却都让他们惊恐万分。这种惊恐不只是来自于那鲜红的分数，更意味着他们可能将会拥有无比黑暗的未来——他们考不上大学，未来可能会找不到工作，很有可能一辈子都只能蜗居在这所小城市里。这样的认知，总是让他们崩溃。历史课上的小A因为背不下来《大事年表》，他将自己的头埋在书里痛哭。看着这止不住的眼泪，室友不停地安慰着他。小A却说："我这辈子完了。"最终，他们相互安慰，他们不能被打倒。

距离高考还有二十天时，他们的班主任手里拿着厚厚的一摞彩色纸，老师让学生们选一张彩纸，然后在上面写上自己的梦想，叠成纸飞机。那一天，他们这群高三生独霸了学校的操场，无数个穿着校服的高三生在那里扔纸飞机，放飞他们的梦想。

距离高考还有一周，学校举行了一场模拟考试，那是小A考得成绩最好的一次。小A一举杀入了全年级前五名，成了一匹名副其实的黑马。而小A的室友也跃进了全年级前一百名。他们高兴得又蹦又跳，但是他们并没有放松。他们把握着这剩下的几天，努力学习。

尽管数学错题本上的题已经被他们做了不下十遍，尽管历史书上的《大事年表》被他们背得滚瓜烂熟，但他们依然坚持到了最后。最终，他们都被他们心中的理想大学所录取。而我讲这个故事，是想告诉那些在高三时代迷茫的孩子，愿你们的努力不负青春。那一天，小A和室友居然心有灵犀地在纸飞机上都写下了“愿我的努力不负青春”。

在人生旅途中，我们常常会迷路，我们常常会彷徨无奈。在青春的独木桥上，我们不知所措，我们害怕一不小心就会跌入万丈深渊。然而，每当越过一座桥时，我们早已遍体鳞伤，于是我们停了下来，思考着我们该不该继续努力下去呢？那个曾风靡一时的电视剧《奋斗》会告诉你答案，青春注定会因为努力而精彩，不努力的青春必定是黯淡无光的。

在故事中，小A和自己的室友曾对自己的学业惊恐，曾对自己的未来惊恐，这个时候，脆弱的他们仿佛可以被任何东西所击垮。可是他们并没有放弃，他们不懈地努力着。他们勇敢地经受着青春之火的洗礼，忍受着高三的严寒冰霜。他们放弃了看小说时的欢愉，缩短了陪好友聊天的时间，他们整日沉醉在学习中，背历史书上早已滚瓜烂熟的《大事年表》，练习数学错题本上早已学会的错题。他们只有一个愿望，愿自己的努力不负青春。

高三的时光真的让人难以忘怀。我想象着那个画面，高三刚开学，班主任就站在讲台上一脸严肃地做着高考总动员，你们就像是强行被推上战场的士兵，仓促应战。那一年，你们的成绩陡然发生了巨大的变化，有人成了黑马，有人一落千丈。

我仍然能想象到高考的那个夏天，你们带着对未来的憧憬，对过去曾努力的肯定，奔赴考场。

我也承认，在我们努力拼搏的过程中，一切并不是一帆风顺的，但我们必须明白，有时候付出与收获并不成正比。人生有坦途就会有坎坷，拼搏有欢笑就会有苦涩，我们努力的泪水向我们诉说了一个因跌倒而站起的故事，我们拼搏过的汗水承载了一份成熟与稳重。

青春年少的你们在努力的途中，有苦就慢慢吞下，有泪就默默收藏，不要放弃，半途而废从来不是青春年少的你们的代名词。奋斗的历程，请展示你飞翔的翅膀，扬起你远航的风帆，走过一路寒冰，度过茫茫黑夜，一切都将会是崭新的开始。寒冰之后必是春光，黑夜之后必有曙光！所以，努力吧，让你的努力对得起你的青春。

阳光总在风雨后，成功总在付出时。青春，总要经得起风吹雨打，经得起虫子叮咬，执着地坚持下去，不懈奋斗，最终才能以胜利的形式告别自己所付出的努力，这样才无愧于自己的青春。

6.请你仔细寻找我对你的爱

××：

我上大三，女友上大二。我很爱她，可是我们相处两年以来，我从来没有听她对我说过一句“我爱你”，我总是认为这段感情是我一个人在一味地付出。什么时候我能听她跟我说一句“我爱你”呢？她方方面面都做得很好，无可挑剔。说句实话，我们是朋友们最为羡慕的一对儿情侣。情人节她从未缺席，情人节礼物她准备得也很充分，我的生日她从未忘记。当然，我也很认真地对待这段感情。可是，我总是下意识地认为我们之间差了点儿什么，也许就是那么一句简单的情话。

我们交往的两年时间里，我感慨很多。我实在忍受不了这样的交往，也许是她太完美了，也许就是因为差那样的一句情话。我觉得这样的爱情不要也罢，一个从不曾说爱我的人，我又何必和她在一起呢？

有一天，我约她去吃晚饭，她当时还没有忙完手上的任务，却匆匆忙忙地跑了出来。我们到了我们常去的那家餐馆，老板很热情：“你们这对儿小情侣一来，我们今天的客户肯定不会少。”我们相视一笑。

餐桌上，我看着她，想说点儿什么却总是欲言又止。她看着我，忍不住了，说：“我看你一直想跟我说事情，怎么了？”

我仿佛下了很大的决心才说：“我们分手吧。”

顿时，她脸色苍白，拿着包夺门而出。

分手一周后，我开始后悔了，我不习惯没有她的日子，可是分手毕竟是我提出来的。我就这样在路上漫无目的地行走，突然迎面撞到一个女孩：“抱歉，不好意思，我没看路。”

女孩抬起头，惊讶地说：“是你呀！”

我疑惑地看着她：“我们认识吗？”

她笑着说：“你，我们班里谁不认识啊，大部分人都了然于心吧。你女朋友的手机相册、屏保、钱包里都是你的照片，

很统一，每一张照片的背后都有三个字：我爱你。”

××：

爱情很美好，每一段感情都是真实的，都值得回味。因此，在爱情面前不要过于矛盾，平常心对待即可，不要总是纠结我付出多少我就应该得到多少，付出与回报往往都不是等价的。既然你认定了这个人，认定了这个在未来要倾心相待的人，又何必去斤斤计较呢？在爱情里，更多的是承担一份责任，如果你爱她，如果你认定了她，请深爱！

不要纠结付出与回报的天平是否平衡，不要总是错误地以为我付出多少就应该得到多少。爱情不是一场交易，不是等价交换，爱情不是物品，不可以买卖。

爱是默默地无私奉献。

你们两个人都在为这段爱情奉献着，她毫无怨言，而你却在极力地要求着回报，说明你还没有爱到深处。你彷徨无奈，最终你向她提出了最不想提及的两个字：分手。你因为无奈，放弃了这段自己曾辛苦经营的感情，但是放弃并不代表你不爱她。她早已住在你的心里，永远也不会被抹掉。

我们常说，人是这个世界上最复杂的动物，总是等到失去了才后悔莫及，总是等到失去了才会懂得珍惜，可是这个世界上没有后悔药。你用放弃这段爱情的代价换来你分手后的浑浑噩噩，值得吗？

当你十分确定自己爱上一个人的时候，就意味着你注定要为他付出一切，你注定要倾心相付；当你爱上的这个人也爱你的时候，说明你们两个人是幸福的！可是你的选择却让幸福化为泡沫。爱一个人不需要任何理由，既然爱了，就请追随自己的内心，就请坚守这份爱。你要明白，如果两个人相爱，分手背后就一定隐藏着痛苦。所以，彼此相爱的两个人千万不要贸然说分手。如果爱得疲惫了，也不要放弃，因为沟通是解决疲惫的良药。在双方都努力经营的爱情长跑面前，不要半途而废，要珍惜你的爱。

其实，你们分手最重要的原因是因为你不信任她，而不信任对方往往是分手的根源。你以为她不爱你，一切的一切都是你以为。可是最终的结局呢，在你能接触到的所有照片里，都隐藏着这个世界上最美的情话：我爱你。

归根结底，还是因为你不够关心她。如果关心她，这小小的细节你怎么会发现不了呢？如果真的关心她，这小小的细节你怎么会遗忘呢？在这段感情里，你爱她，她爱你，只是她对你的爱一直珍藏在你最容易发现的地方，这就足够了。所以，请仔细寻找她对你的爱。

另外，你们彼此长时间的相处，你就从来都没有跟她沟通过这个曾让你迷惑不解的问题吗？沟通有利于保鲜爱情，沟通为美好的爱情架起了一道桥梁。

针对这种情况，我送你三条秘诀：

第一，给彼此一些时间，不要动不动就说分手。俗话说，日久见人心。在交往过程中，渐渐地了解她，学会关注她，在乎她，不要只强调自身利益。

第二，学会信任对方。连最起码的信任都没有，你如何说你爱她？连最起码的信任都没有，爱情如何维持呢？

第三，学会沟通。对于你深爱的她，你更应该明白、更应该了解究竟如何去沟通。

为今之计，是要想办法挽回这段彼此都相爱的感情。所以，请你马不停蹄地去追回她，挽回你的爱，两个相爱的人分手真的是世界上最可惜的事情。

请好好爱她，你要学会在乎她，关注她，她对你的爱一直珍藏在你最容易发现的地方，请你仔细寻找。最后，请你们好好爱彼此，珍惜彼此，一定要处理好你们的关系。

祝你们幸福！

7.别把自己困在感情里

最近有个小姑娘一直给我发私信，她说最近很纠结，整天都心不在焉。

小姑娘的网名叫兔子，性格内向，但是好学努力。她好不容易说服父母同意自己报考自己喜欢的专业，绝不能让父母失望。刚上大学的时候，她想找兼职工作锻炼自己，多学习一些经验和技能。她在网上看了很多兼职工作，觉得都特别不靠谱，再就是自己的专业知识也没有学到火候，不敢贸然找好的企业。苦恼之下，兔子只能用最笨的办法挨个儿询问身边做兼职工作的同学。后来，有一个同学帮忙，介绍她到了现在的公司。公司老板是兔子的专业外聘老师，兔子还发现很多自己的同学都在这里做兼职工作。跟老师沟通之后，兔子就正式在公司兼职工作了。

一年时间，兔子在公司很累，工资也很少，还没有学到什么东西，兔子非常苦恼，但她又是一个特别乖巧的姑娘，以为总有一天老板会发现她的存在。过了很久，老板还是没有给兔子分配什么重要任务，兔子觉得自己一点儿也没有存在感。于是，兔子就跟同学抱怨了一下，同学后来反映给老板，老板找兔子谈话，谈话的大概内容就是：我们公司很需要你，你是公司最努力的员工。其实兔子想学更多的东西，她想获得一些技术上的超越或者经验上的交流。但是公司的规模很小，满足不了兔子学习的需求。

终于有一天，兔子鼓起勇气跟老板提出想去外面学习新的东西，开阔眼界。老板觉得兔子是不可或缺的员工，人看起来特别老实努力，想把兔子留下来。

半个月后，兔子被老板用人情送到了全市最好的集团参加培训，老板偶尔会过问她的情况。兔子在那边也特别努力，在她心里，她害怕自己对不起老板的推荐和期待，也怕对不起自己的父母。

半年后，兔子回到了公司，她的专业技术在公司无人能及，但同时也无事可做了。公司里大部分的业务都不需要兔子上手，她整天在公司里坐着发呆，她觉得这跟她的预期不太一样，老板好不容易把她培养出来，她不能只是坐着。兔子开始主动去找事情做，久而久之，兔子发现这些工作还是她之前就能做的，她学的那一套技术根本用不上，兔子很沮丧。

经过公司朋友介绍，兔子结识了很多专业的人，在与他们的交流过程中，兔子重新思考了自己的状态。虽然兔子的专业知识并不差，但她还是萌发了想考研的冲动，她想在专业上有所建树。她回想起自己上班的这一个月里，她无所事事，她想找点儿其他事情做，她应该追求更多的东西，而不是止步不前。她想要有更多可能的未来，而不是在公司这里原地踏步。

但是另一方面，老板送她去学习的恩情，她一直没有忘，也还不上。如果就这么走了，她又过不了心理上那一关。如果没有老板，兔子一定去不了那么好的地方学习，但是兔子依然想继续深造。

在恩情和梦想的选择中，兔子犹豫了。在这种时候，可能换成任何一个人都会犹豫，但是还在上大三的兔子根本没有多少时间犹豫了。

于是，我给她回复了这样一段话：

“兔子，每个人一生都会面临很多选择，这只是你人生道路上的其中之一。高考是我们人生一个大的转折点，其次就是大学毕业，再次就是工作。这三次选择将改变你的人生格局，而你现在正处于第二次选择的难题上。你会纠结很久，但最终选择还是要从自身的出发点来进行，不要被恩情束缚了你的未来。

老板送你去学习，你应该感激，可是你父母也送你去学习，还把你养育成人，你更应该感激。你现在走的路和你选择的专业，不一定是父母所期待的。你也曾与父母发生过争执，但是你依然坚持了自己的决定。父母都如此，更何况是恩师呢！你可以尊敬他们，可以孝顺他们，但是你自己的人生要自己做决定，其中滋味也只有自己能懂。希望你能选择一条自己喜欢的路，不要被情感牵制，不要把自己绑架。”

其实有些话我没有说得那么明白，小姑娘应该知道怎么去做，心中的天平倾向哪一边，就向哪一边迈出一步。很多时候，我们并不是需要别人给我们一个答案，而是需要别人来肯定你心里的决定。每个人都是他人行动的英雄，却是自己行动的矮子，这也是为何古代皇帝做决定之前都喜欢询问大臣意见的原因，因为在无形之中，他心中的天平早就偏向了另一边。心里有很多顾虑，害怕自己变成一个独断的人，害怕自己变成一个知恩不报的人，所以有时候宁愿委屈自己，也不敢听从内心的指引。

现在有一部分人会被自己的道德绑架，被社会道德绑架，硬是被生活逼迫成了一个“好人”，然后极其不愿地生活着。人生短短几十年，虽然不能及时行乐，但起码不能亏待自己。永远活在别人的眼中，那样你真的觉得值得吗？当前社会上有一种观点，“好人”一旦做了坏事，就会被舆论压死，但“坏人”做了好事，却是“浪子回头”。平心而论，大家觉得公平吗？

做人把握好一个度，不要去强迫别人，也不能委屈了自己。你可以为了兄弟情、为了闺蜜情去放弃更好的选择，但你要问自己一句：值不值得？还要问你为之付出的人，是不是愿意接受？

因为这个事情，我在我周围做了一个简单的调查，我发现百分之八十的人会后悔当初为了“某某”放弃什么难得的机会，百分之六十的人会觉得对方是在一厢情愿地付出。不要在心里演练一万遍英雄事迹，到头来却只是一厢情愿。做决定前，先了解当事人的想法，权衡一下利弊。真正为你好的人，会放开手中那根牵扯你的线，让你飞得更高更远，而不是打情感牌，让你错过对的选择，让你活在忧郁之中。

8.朋友能让你认清自己

阿玖跟小喜是一对儿非常要好的朋友，两人不同班，但是两人却被分到同一个宿舍。开学第一天，宿舍里只有阿玖和小喜两个人，阿玖跟小喜自然而然成了最要好的朋友。在学校里，小喜人缘很广，阿玖的人缘却一般。阿玖羡慕小喜人缘广泛，同时也欣慰自己有小喜这样的朋友。小喜总知道别人的一些趣闻，跟她在一起，阿玖可以听遍全校的新闻。

阿玖喜欢上了同班的一个男孩，男孩也处处照顾阿玖。有一次，男孩用QQ对阿玖表白，阿玖吓住了，她不敢接受，她想给自己一个晚上时间来思考。第二天，男孩向阿玖解释说那是他朋友胡乱开玩笑的，阿玖只能把心事藏在心里。她把这件事情告诉了小喜，还哭了一晚上。小喜说她去教训那个男生，阿玖却说算了，是她自己没有勇气。小喜在机缘巧合之下结识了那个男孩，她觉得男孩颇具幽默感，从那儿之后，小喜就很少跟阿玖来往了，阿玖也没在意。

一天夜晚，阿玖收到小喜发来的微信，小喜说她跟那个男生在一起了，让她原谅。阿玖在被窝里面哭了一个晚上，最后还是祝愿他们幸福。

从那儿以后，小喜常常跟那个男生在校园里面亲密接触，还经常约阿玖一起吃饭。阿玖虽然心里有些硌硬，但是小喜还是一样对她好，她觉得自己不应该如此小心眼儿，真心祝他们能好好在一起。阿玖和小喜在一起的时间越来越少，但是阿玖的朋友却变得多了起来，以前点头之交的同学如今却能促膝长谈。阿玖渐渐地了解到，小喜经常和同学说自己的玩笑话，甚至还有很多自己的私密事，阿玖得知，原来自己是她们茶余饭后的谈资。

阿玖想去找小喜问清楚，但是被朋友拦住了。朋友说，我告诉你这些只是想让你看清楚你身边有一个怎样的人，而不是去挑起你们之间的矛盾。阿玖没有去找小喜，而是有意无意地观察小喜。原来小喜跟别人说，阿玖看不上向她告白的男孩，像阿玖这样的人活该没有男朋友。阿玖觉得，她真的看错小喜这个人了，之前那么要好，难道全部都是假的吗？

当你不了解这个世界的时候，世界并不会因为你的迟钝而运转缓慢。生活就是吃吃喝喝，和朋友聊聊人生和别人的八卦。阿玖在听到别人的八卦的同时却没有意识到，小喜能和自己讲别人的八卦自然也能和别人聊自己的八卦。任何人都会出现在别人的茶余饭后，因为你有多成功，你有多失败，大家都有目共睹。如果你永远无法接受这样的现实，那么我只能说，你适合永远被保护，小心珍藏着你那颗玻璃心，免得你世界观崩溃，玻璃心破碎。

大多数人都会选择和志同道合之人相处，因为轻松默契，不需要浪费解释的时间，也不需要花费大量的精力来磨合，但这样的人少之又少，偶尔出现时你会觉得彼此相见恨晚。这就是为什么情侣之间相处时间的长短直接取决于双方三观的一致程度，因为美貌和才华可以吸引你一时，但是不谋而合的默契才是两人相处的稳定器。

生活中，小喜这样的人随处可见，为了让自己得到别人的认可，可以拿一切来交换，甚至是好友的秘密。为了得到喜欢的人认可，不惜诋毁朋友的声誉。在她心里，认为贬低别人就能抬高自己，殊不知，在别人眼里她也只是一个会说闲话的小人。而她，从来不会考虑他人的感受，只管自己是不是受益，是不是达到目的。和这样的人相处，自己随时都会被剥掉一层皮还不自知。

同样，阿玖这样的姑娘接触人太少，明白的道理也有限，容易被别人表面的好意欺骗，违背自己心里真正的想法而去附和别人，“被卖了还在为别人数钱”，说的就是这样的人。被朋友出卖了还在为朋友开脱，觉得世界永远善良美好，小姑娘你真的要狠狠摔一跤，然后自己再一点儿一点儿爬起来，你才会知道跌倒有多痛苦，爬起来需要多大的勇气。

人这一辈子，真正为你好的好友并不多，大部分人都是滴水之恩滴水相报或者滴水之恩不谈回报。别太过早地让别人知根知底，相处相知是一个漫长的过程，绝非相处几日就可以掏心掏肺，也不是交换秘密就能在短时间内让彼此感情稳固。日久见人心，总是有一定道理的。

我从来都不否认有相知相惜的朋友，但这样的人毕竟占少数。世界虽有黑暗，却不能否认光明的存在。你不妨回望自己，身边是否有十余年的朋友，是否还经常联系，他们还是那个记忆中无话不谈的知己吗？还是早就随着时间的流逝，拉远了你们之间的距离了呢？

人这一生，总会遇见形形色色的人，能让你永远记住的人却寥寥无几。生活不能太过较真，但也不能毫不在意。在不伤害别人的情况下追求自己的所得是没有错的，你不需要做不必要的牺牲。你或许经常听到别人的抱怨，也可能想去抱怨别人。有接触就会有不满，有不满就会发生矛盾，矛盾得不到解决就会心生抱怨。我不是让你去学虚与委蛇，而是要学会在任何环境中都游刃有余，做到坦然处之。

在朋友相处上，男人和女人有很大的不同。在思考问题上，男人和女人的思维方式也完全不一样。通常四处咨询的人皆是女人，男人只会一醉解千愁。世间道理千万，却还是有那么多做错的人，没有人能完全做到完美，秉持“己所不欲，勿施于人”的原则就好。

做好自己，善待他人，少说话，多做事，争取做到心如明镜，却能大智若愚。

9.你的爱给了我全世界

上周，我的女粉丝小C给我发私信。她在信中说，她和男友在一起三年了，他们是上大学时认识的。男友对她很贴心，事事为她着想，他们很相爱。可是，男友总是觉得自己亏欠小C。

男友的父母都是农民。男友在学校里成绩十分优异，每年都拿奖学金，而且每次当男友拿到奖学金后，都买最好的东西给小C。尽管小C总是推脱让他别乱花钱，可他总是说，一切都是值得的。然而，他在小C面前很自卑，他怕给不了小C想要的幸福。他承认他爱小C，很爱很爱，但是他却害怕小C与他共同承担未来的责任。

有一天，小C与男友逛街，一个富家子弟开车路过，看见小C后对她一见钟情。富家子弟下车后对小C说：“我爱你，他不适合你”，说着就要拽小C上车。这时，男友的举动令小C很尴尬，男友竟默默地转身离去。在男友离去的刹那，小C迅速跟上去拉住了男友。小C踮起脚尖轻轻一吻，“任何时候都不准把我丢下”，富家子弟自感无趣，默默地离开了。

听了小C的故事后，我感慨地对她说了一句：倾其所有守护你，你的爱给了我全世界。我真诚地对小C说，她是幸福的，在爱情的长跑里，彼此之间相爱、信任是多么重要。我对她说，彼此相爱就是幸福，虽然生活过得简简单单，心里却是暖暖的。

很多粉丝都喜欢和我诉说感情经历，他们与小C的感情之路相比，都稍有坎坷。我之前总是认为，只有一个人的心伤得很重，才会成长，才会明白；才会去思考什么样的人适合自己；才会去反思如何经营一段感情；才会去着手自己想要的幸福。可是，从小C身上，我却看到了不一样的光芒。小C在情感上更为成熟，处理方式也十分恰当。

我曾这样问过小C，什么是爱呢？小C跟我说，爱是责任，是包容，是付出。的确，她说的都对，可真正能做到的又有几人？爱不只是说说而已，言语谁都会说，谁都明白。我回复小C：爱是那种深埋在心底，用实际行动告诉对方我爱你。爱是爱对方的一切，小C的“包容”两个字用得很好。因为爱不仅仅是爱对方的闪光点，欣赏他的优点，而是能够包容他的一切缺点。

我给小C讲了一个故事。我有一个朋友，她是个很有个性的阳光女孩。她的理想型男生是有责任心、性格温和的人。可是，她的交往对象却并不是这样的人。有一次，她的交往对象看见一件很不妥的事情，这位男士表现得很焦躁。按照我这位朋友的性格，当时非常想劝说他。可是我朋友明白，如果劝说他，他会更生气。我朋友不想看见他生气的样子，所以我朋友当时只是一笑了之。什么原因呢？是爱的力量在驱使她做出改变。我朋友愿意因为爱而包容他，一切的一切都是因为爱。

爱是给对方一个家，当对方累了的时候，有可以休息的港湾。我们都知道步入婚姻殿堂时有这样一句话：无论对方生老病死，都不离不弃。所以，爱根本不存在任何阻力。

我很钦佩小C，她爱得坦坦荡荡，哪怕穿越山河大海也要去爱，哪怕前路尽是艰难也要去爱。因为小C一直都知道，她背后一直有一个呵护她的男友供她憩息。所以，一切都是值得的。

爱是一种挂念，无论何时何地，彼此都深知一直有一个人默默守候这份爱。爱是彼此发自内心的感受，无论你距离对方多远，无论你离开他多久，你心中一直都缠绕着思念的情愫，因为你们总是以对方的快乐为快乐。

我记得我给小C回信时，说得最多的话题是帮助她的男友树立信心。他总是很自卑，他害怕给不了小C最好的，那是因为他没有看到自己的专长。这个时候，小C需要让他明白“她依赖他，他带给小C安全感。用温暖的话来勉励他，但是温暖的话不要过多使用，刻意地使用会使他更加自卑。

小C说他品学兼优，很爱她，这样的他怎么会不给她一个温暖的家呢？小C要告诉他：“我与你同在，我们一起努力”，支持他的任何决定，但是记住，无论何时都不要把对方推开。小C的男友自卑的根源是因为他的家世吧，农民的孩子又怎么了？记得《何以笙箫默》里有这样一句话：“有多少人出身贫寒，却出人头地；又有多少人出身高贵，却跌落云端。”所以，请让他摒弃这种自卑的想法。

我曾这样对小C说，在爱情面前我们也不能太过于被动。我们都知道小C的男友推开她是因为他觉得小C值得拥有更好的未来。我们也要学会质问："把我推开，你的心不痛吗？你很乐意看到我跟别的男孩言谈甚欢的模样？"答案是否定的。因为我们知道，小C的男友是因为他觉得配不上小C才将她推开的。同时，也要让他明白爱情是两个人在共同经营，不单单只属于他。

世界那么大，而我们又是那么渺小，却偏偏让我遇见了你，却又偏偏让我爱上了你。在对的时间里遇上了对的人，而恰好你也爱我。

谢谢你给了我全世界的爱。我不知道街边的奶茶店在哪儿，我不知道最好喝的奶茶是什么口味，却唯独知道我爱你。

10.年轻就有无限可能

年轻不怕犯错，就怕不敢犯错。当然，我所指的犯错不是坑蒙拐骗，而是为自己寻找最佳的生活状态。

我有一个女性朋友，在一个公司待了三年。在这三年时间里，她无数次想过跳槽，但最终都因为舍不得现有的稳定生活而放弃了。每次聚会，她总会抱怨现有的工作和一成不变的生活，但她却没有勇气辞职，去闯一闯，去改变现状。有一次喝醉酒，她哭得稀里哗啦，她说她已经忘了曾经意气风发的模样，她觉得自己已经老了，失去了接触新事物的勇气。其实，她刚过第二个本命年，正是风华正茂的年纪，但她已经被一成不变的生活磨平了勇气，不敢再向前踏出一步，只能机械地往前走。

一个偶然的机会，我找到了我们毕业时录制的视频。在视频中，大家还是稚嫩的模样，在最后的晚餐上兴致勃勃地发言，大刀阔斧地畅聊人生、理想、未来。如今才过了三年，大部分同学已经娶妻生子或嫁为人妇，早早过上了传宗接代的生活，有时候甚至为了买哪种价位的尿不湿而争吵，为了孩子上哪所小学而苦恼。我们逐渐被生活逼迫着，逼迫着承受家庭的重担。

我把这个视频寄给了那个女性朋友，这是我唯一能为她做的了。

很多时候，你会觉得未来深不可测，前路绝望渺茫，活着就是日复一日地重复生活，但又不得不日日蹉跎。那么，这时候回望初心，当初意气风发的时候，你要航行的方向在哪里？当初汗如雨下时，你苦苦坚持的动力在哪里？不要让年轻的身体里住着一个苍老的灵魂，安静地等待死亡的来临。

趁着你还年轻，多去尝试一下更多的可能，不要在原地踏步，也不要顺其自然。你不知道，顺其自然才是你给自己不去努力的理由。趁着还年轻，多去学习，充实自己的技能，毕竟技多不压身。多去与人交流，开阔自己的视野，增加自己的阅历。年轻就该瞎折腾，挑战你所不能，学习你所不会，才能充实自己，达到内心的满足。

曲曲是我朋友的妹妹，据朋友说曲曲从未消停过。她学习古筝的时候认真安静，弹起吉他来活力四射，游泳也游刃有余。曲曲看见新东西总是激动不已，每一样都想学到极致。毕业后，曲曲没有按照父母的意愿去当老师，而是在同学的工作室帮忙，同时还报名了专业潜水课。用了半年时间，曲曲甩甩手背着背包就跑去马来西亚的海湾潜水。她说她仿佛打开了新世界的大门，举手投足间显示出来的是满满的活力和自信。这样的女人，从来不会缺少男人的青睐，也从来不会觉得生活无趣。她始终知道自己想要什么，怎么去得到。

有些人认为自己的一生就该平庸无能、碌碌无为，从不敢打开内心自己封闭的大门。即便你一无所有，但你还有为生活奔波的勇气，还有不甘于现状的决心，你就已经比多数人富有了。胜利的大门永远都为勇敢努力的年轻人敞开，只要你敢闯，只要你不怕受伤。释放真实的自己，别被生活的烦琐磨平了昔日的棱角。趁你还有改变的决心，就该努力让自己焕然一新。

正常的工作时间是八个小时，对于现在的年轻人来说，下班之后的时间基本上被追剧、聚会、买东西、网聊所占据。一天之中有三个八小时，第一个八小时用来工作挣钱养家，第二个八小时用来睡觉补充精力，但还有一个八小时却在不知不觉间溜走。试问，总觉得生活无聊的你，总是抱怨工作无趣的你，其实有很多时间来改变自己，只是你空有想改变的心，却没有敢改变的毅力。

如果你觉得凭借自己的能力可以过上更好的生活，那就不要将就，不要犹豫，外面的世界并不可怕，真正阻碍你的是你内心假想出来的“社会”。我从来不提倡提早养生和提早安稳，你二十岁的时候做完了你三十年后的事情，那么你五十岁的时候只能如你二十岁般碌碌无为。年轻的时候你没有竭尽全力，又有什么能力来奠基未来的生活无忧无虑。你现在安稳的模样就是你未来的样子。大部分人想象着老了以后和伴侣环游世界，和伴侣种树养花，与子女阖家欢乐。然而，在你精力充沛的青年时就已经放弃了更多的选择，懒得改变生活的环境，老了又怎么会愿意活成想象中的样子？

你能“瞎折腾”的年纪就是现在，无论失败还是成功，都能从头再来。敢于面对自己，活出自己最想要的模样，不要安于现状。

六年前的我认识到自己不能就这么平凡过一辈子，所以在工作的道路上，我选择了最艰难的一条，那就是自己创业。两千多个日日夜夜，虽然我始终忙碌，但是从未有一刻后悔。走在自己选择的路上，才是最自由的样子。我想过五十年后的自己，漂泊之后停留，我会无比眷恋港湾，这时候迎来我的安稳岁月，为时不晚。那时候，我会庆幸我曾在腥风血雨的商场上打滚，庆幸自己曾深夜在办公室的桌案前呕心沥血。我有雄鹰翱翔的能力，也有煮茶静思的耐力。

不要害怕去折腾自己，你不试试，永远不会知道自己有多强大，不会知道自己的极限在哪里！多看书，多学习，让自己有事可做，有能力可依，不要把时间白白浪费在刷朋友圈、逛淘宝上。作家余秋雨曾说过，一定要去旅行，尤其是女孩，你的阅历决定你的见识，你的见识决定你的心胸，见多识广了，才不会在物质上迷失方向。

静下心来思考你的生活、你的梦想、你的目标，你是否已经实现了，还是这些早就消失了？如果实现了，那就制订新的目标；如果没有，那就从现在开始吧！不要让曾经制订的目标散落一地，不要让一成不变的生活毁掉你的激情。

11.生活需要仪式感

不管是感情还是生活都需要仪式感，我们虽然不能把生活过成诗，但是也不能真的糙成汉子。每逢佳节，都应该好好庆祝。工作剥夺了我们大部分的时间，只有在节日和纪念日我们才能放松下来偷会儿懒。

二芬和胖面就是这样一对儿室友。二芬毕业之后就和胖面住在一起，从租房到买家具，无一不是二芬亲自动手置办的。两人租的简单两居室，被二芬强行装修成了简约文艺的温馨小家。胖面也觉得在自己工作得快要累死之余看见这样温馨的家时，心情会大好，完全不忍心把屋子弄脏弄乱，用过的东西立刻回归原位。请客吃饭时，朋友们会送各种盆栽和鲜花，把家装饰得恰到好处。朋友们纷纷向二芬取经，交流装修心得。过节的时候，她们邀请朋友来家里聚会，然后精心地准备红酒和甜点，仿佛只有这样才没有白白浪费一个节日。

不管工作多忙，二芬和胖面每个星期六都会去游泳馆游泳，星期日都会去看电影，只有这样她们才能真切感觉到自己在生活，而不是坚持活着。每逢发工资的时候，胖面都会送二芬一份礼物。虽然礼物不是很贵重，但是能看出胖面对二芬的感情是在用心经营。二芬每天给胖面做的饭也别出心裁，时刻让胖面觉得幸福，得友如此，夫复何求！生活需要一起经营，她们用悠闲的姿态，感受着生活给予的美好时光。

工作累死累活的人，下班回到家看见杂乱的房间、昏暗的灯光，饿了点一下外卖，半个月洗一次衣服，从来不记得打扫屋子。这样的生活，就算你月收入过万，但你的生活却过得杂乱无章，这就失去了生活本来的意义。仪式感不是让你花费大价钱让生活更上品质，而是让你在工作之余的休息时间里能够心情愉悦。

一周一聚的小姐妹不是在浪费时间，而是在了解彼此的生活。经营不可多得的感情，就要在朋友困难的时候出谋划策，在你开心的时候分享心情。没有不需要经营就能长久的感情，再好的感情长年累月不见面也会变得生疏。就算两人住在一起，回家就紧闭自己的房门，也会增加隔阂的几率。有时候一束花，一个蛋糕，并不是无用的生活奢侈品，收到花和吃到蛋糕那一瞬间的甜蜜，就是对精心准备礼物的人最大的回报。

胖面和男友是异地恋，分别在不同的城市，但是两人像是从来没有分开过一样，哪怕下班回家的短短十分钟，也会互通电话聊聊工作的琐事，双方吃完晚饭之后就开始视频聊天。有时候各忙各的，有事没事聊两句，关心一下对方的生活状况。男友每周都送胖面一束花，从恋爱至今从未断过；胖面每天都给男友写情话，从两人交往的那天开始也没有断过。每个月，两人都会相约请几天假，一起去附近的城市走走。短途的旅游更能增加双方的感情，不管多赶多疲惫，胖面总是把自己收拾得体，画恰到好处的妆容，每次见面穿不同的服装，次次都让男友眼前一亮。男友也是这样，把自己最佳的状态呈现给对方，不管两人在一起多久，都会脸红心跳。谁惹谁生气，谁就写情书哄对方开心，这样的情侣是大家羡慕的对象。

情侣之间的小约定、小浪漫坚持久了就变成了习惯，当这个习惯慢慢变成生活的一部分时，双方就已经离不开对方了。

所以，情侣之间一定要有约定的秘密、养成的习惯。除了说“我爱你”，还有很多种表达爱的方式，为她（他）去学一首歌，为她（他）去学做一道菜，至少在感情里，你曾为了爱她（他）做出了一些生活上的改变，把你们的生活过成了篇章。

所谓的仪式感，就是为了提醒我们，生活除了眼前的苟且还有诗和远方。生活的意义不是眼前的楼房，也不是身后的围墙，而是让心灵得到满足感。用心生活，让陪伴不再是空口预言，而是你精心准备的晚餐。试想，父母亲自为小孩庆生，儿女亲自为父母祝寿，儿女和父母想要的不过是双方的陪伴，一句话，一份礼物，一些特别的准备，都是生活的意义。

社会节奏越来越快，但是却有这么一些人，总是在快速发展的社会之中，愿意慢下脚步来满足自己内心的小小意愿，他们把生活过成诗，把日子活成笑容。但是在一些人眼中，只知道吃饭是吃饭，上班是上班，从来不知道上班工作只是最简单的活着，却不是在用心生活。

中国是全世界最注重仪式感的国家，过年吃团圆饭，端午吃粽子，中秋赏月，清明祭祖，七夕逛灯会。这些古人的仪式感给了我们生活的希望，传承文化最好的方式就是维持初衷，这些节日让我们在繁忙的工作里对生活充满了期盼。

跑跑步，走走路，约上两三个好友周末出行，不管去哪儿，不管时间，最重要的是心态。万家灯火之中，总有人在唱生日快乐歌，总有人在过结婚纪念日。花点儿时间，细想一下，你是否应该做点儿什么来点缀一下生活。

在这点上，我特别佩服我的一位老师，她总是能找到生活的乐趣所在，周末学学茶道和花艺，做甜点，带家人去野营，这些在我们生活中最平常的事情，却往往使我们羡慕不已。也许就是因为羡慕他们的样子，才迫使我们想快快长大，当我们真的长大了，这些离我们却很遥远。

我们需要的不是长大，而是自己经营一个满意的世界。你抑郁，生活也不会给予你欢笑；你快乐，生活便不会剥夺你的兴致。让自己活得有仪式感，上天给予我们同样的生命、同样的时间，在空白的日子里，添上属于你的那一笔。茫茫人海中，让自己变得独特而富有魅力，温暖又有活力，你就会发现，别人都羡慕你把生活过成了诗，其实你只是活成了自己想象的样子。

12.你既然要走，我不会挽留

七夕节那天，我不经意间点开微博，看见了我的粉丝木子的留言。留言内容着实令人动容，这个女孩受了多大的委屈，竟说出如此伤心欲绝的语言。于是，我马上和木子私聊。她悲痛欲绝，每天沉醉在网络与回忆里无法自拔，我劝说她，希望她向我叙说事情的经过。或许是我的安慰起了作用，她向我慢慢打开了心扉。

她跟我说，她是一名上大三的学生，她的男友也上大三。男友是隔壁班的，面对考研的压力，她和男友在外面租房子住，他们相处得十分融洽。她的男友是一个性情温和的人，对木子很好。木子本以为一切都会按照事先预想的轨道发展下去，可一切都始料未及。

有一天，木子正在做饭，男友开门走了进来，在屋里晃来晃去，一看就是有话要说。木子是一个爽朗的人，有什么事必须问清楚，憋在心里从来不是木子的作风。男友嗫嚅地说：“我……我想离开你。”顿时，木子的手停了下来，她的手止不住地颤抖，这是她从来都没有想过的事情，她不相信这是真的。可是他们当初有言在先“好聚好散”，木子强忍泪水，笑着转身，回应说：“那就离开吧。”

男友特别惊讶：“其实，如果你想让我留……”

男友的话还没说完，就被木子打断了：“没关系，你走吧。”

男友沉默了一会儿离开了，而木子望着男友离去的背影，蹲下之后号啕大哭。木子不知道浑浑噩噩度过了多少个日日夜夜。木子想把自己关起来，让自己好好静一静，可脑海里闪现的全部都是她和男友在一起的点点滴滴。

我看着“就这样把我的心摔碎，它还在滴血，他不在的日日夜夜，我的心一直在痛着”的留言，我不忍相信，留言的人竟是这样一个坚强的女孩。听了她的故事，我赞美木子的坚强，“我不忍心因为挽留他而让自己变得可怜兮兮，我不忍心用我仅有的自尊去挽回一个要走的人。”

在爱情旅程中，如果男友执意要走，那就让他走，不必去挽留。哪怕我逼迫自己令眼泪倒流也绝不可怜兮兮地去挽留。如果那天我挽留你了，你是不是就不会走，我想答案是否定的。我就这样看着你从我的世界里消失，渐行渐远。我没有挽留，而你头也不回。就这样，一切都结束了，都过去了，把回忆都交给时间，我决不挽留。

我对木子说，哭并不丢脸，哭也不可怕，它是一个过程，一个成长的过程。但是，哭不是为了让你以后继续浑浑噩噩地度日，哭是为了让你变得更加坚强。木子跟我说：“恋爱的滋味甜甜的，很幸福。我不忍心失去，我不忍心遗忘，哪怕每天活在回忆里。”我明白木子的感觉，男友的离开严重打击到了木子。他的离开，犹如一箭穿心，让木子疼痛又麻木。

我给木子讲了一个我邻居妹妹的故事。邻居妹妹失恋后的那一周，她犹如行尸走肉，每天就是吃饭、睡觉，然后呆呆地坐在卧室里仰望天花板。父母朋友几次劝告无果，便任由她去了。她平常最在乎自己的妆容，可失恋的那几天她一直蓬头垢面，如机器一般机械地去做一些事情。

一周之后，我以为自己眼花了。她不再是满脸憔悴的模样，终于回归到了正常。她一如过去一般，以光鲜亮丽的形象站在我面前。我笑着对她说："漂亮小妞今天知道打扮了。"她却郑重其事地跟我说了一句话，我感受颇深："要有多坚强，才会有多幸福。"

我对木子说，面对挫折和苦恼，选择逃避是大多数人的选择。但是，懦弱无能从来不是女孩的选择。木子曾跟我说她喜欢恋爱，因为恋爱中有淡淡的幸福。所以，为了幸福，也要坚强下去。沉醉在过往中，从来不是坚强女孩的选择。

女孩，请你学会坚强。你可以流泪，泪水是你发泄情绪的润滑剂。但是，不要用眼泪去乞求任何人的同情，不要让人把它解读成懦弱和无能。对于伤害，一笑而过就好。哪怕心再痛，也不要过于纠结这无所谓的事情。时间可以改变一切，时间是治愈伤痛最好的良药。你可以很爱一个人，但是请不要因为他而迷失自己，丢掉仅有的自尊。

"反是不思，亦已焉哉"，这是出自《氓》的一句话，我对这句话很受触动。当今社会，女孩可以追求爱情，但是女孩不需要怜悯，不需要同情。女孩需要的是这个世界的尊重。女孩们，在爱情中不要沉醉，要学会呵护自己的爱情，时刻保持一颗清醒的头脑。这个世界从不缺乏感性，缺乏的是理性下的感性。

你既然要走，我不会挽留，放弃应该放弃的是最正确的选择。你若不坚强，幸福何时来敲门。天空可以有阴霾，你可以有伤痕，但是你必须头脑清醒，你的心一定要明朗。无论这一秒你有多痛，请相信，你将会再一次展开笑颜。

13.我不需要替代的爱

那天我开车回家，路上途经一个广场。在广场的一个小角落里，有个女孩哭得很伤心，我有些好奇，便走下车去问她：“你好，请问有什么可以帮你的吗？”她抬头一看发现是我，很激动，“我是你的粉丝，我叫桑朵，没想到在我放弃一段爱情之时，还能圆了我想见你一面的梦想。”

“桑朵，你能跟我说说这是怎么回事吗？为什么哭得这么伤心？”我询问她。

桑朵开始向我叙述起了她的故事。

桑朵在高二下学期的时候，很喜欢朝着D大的校园跑。D

大是他们市的一所名牌大学，而她自己喜欢的男孩皓辰就在那所学校。每次桑朵往那儿跑，她喜欢的那个男孩的好哥们儿雅阁，就喜欢取笑她："又来D大物色男友啊。"

桑朵上高一的时候，有一天雅阁和皓辰来桑朵的学校找桑朵，恰好赶上一个男生正在跟桑朵告白，桑朵想草草了事，不想给他任何可以挣扎的机会。

桑朵说："我有喜欢的人了。"

"你骗人，你们班同学都说你没有男朋友，我没见你跟哪个男生一起走在校园里。"男生说。

桑朵指着附近的D大说："我喜欢的人就在D大。"

表白的男生落荒而逃，而这一幕正被雅阁和皓辰撞见。于是，每次桑朵一来D大，雅阁都会嘲笑一番桑朵。而这一次，桑朵只是想去D大蹭饭而已，却碰见了这个小霸王。看着饭桌上狼吞虎咽的桑朵，雅阁揶揄道："桑朵，你吃饭能不能淑女点儿？"

皓辰这个时候正好走了过来替桑朵解围："朵妹妹吃饭毫无顾忌，大大方方的。"

桑朵抬头望向他，那一刻，只一眼便认定了他。但是桑朵却很烦皓辰一直叫自己朵妹妹。

桑朵特别想对皓辰说：“你知道不知道我喜欢你，你一直劝我找个男朋友，不是我不找，是因为他们都无法跟你相比。我真的没想到高一时的那句玩笑话，我喜欢的人在D大，应验了。”这些藏在心里的话桑朵却永远不敢开口跟皓辰说，她害怕说了连朋友都无法做了。

一年后，桑朵如愿考入了D大，而皓辰却被保研去了美国。机场外，皓辰给了桑朵一个拥抱：“朵妹妹，照顾好自己，我走了。”皓辰走了，雅阁也考上了D大的研究生，这一切都是为了桑朵。

皓辰走后的一年，雅阁表白了：“桑朵，你还好吧，以后让我代替皓辰来照顾你，好吗？”桑朵哭着拒绝了：“你们都能看出我喜欢他，为什么他却没有任何回应，雅阁，不是我不喜欢你，只是我不希望你的爱是为了替代。如果是替代的爱，那皓辰将永远成为我生命中的一个阴影，我会慢慢地尝试着忘记。”雅阁笑笑，拥抱住桑朵：“你长大了。”

桑朵的爱从不将就。我向桑朵说起了“时间”这个话题，时间是治愈感情最好的良药。时光如水，在岁月流逝中，时间将代替最初的那份悸动，一切都不再如最初那样刻骨铭心。生命是有限的，青春是短暂的，不要将过多的时间浪费在回忆里，我们还要面对未来。

桑朵正在学着去忘记，忘记那埋藏在心底的回忆，那刻骨铭心的回忆。

人生旅程中，我们将见到各式各样的人，而有些人注定将成为我们生命中的过客，只要坦然面对、顺其自然就好。不要在乎你脚下的路多么难走，因为这条路你已经走过，再伤心也无法挽回，不如尝试着大步向前，前面的风景会更加迷人。

桑朵正在尝试着重新开始。雅阁的替代表白将会使她重新活在回忆里，永远也走不出来。幸好桑朵有对待爱情的成熟态度。或许桑朵会在夜深人静时想起那个埋藏在心底的人，或许她正在泪水中回忆着过去的点点滴滴。可是，重新开始是她的必经之路。忘记过去，沉淀自己的内心，才能重新开始，才能勇敢地面对未来的挑战。忘记过去，才能活得更加潇洒，才能寻觅幸福。

在小说《何以笙箫默》里，何以琛说过这样一句话："如果你生命里曾经遇到过那么一个人，那么其他人都会变成将就，而我，不愿意将就。"正是由于何以琛对爱情不将就，所以他心甘情愿苦苦等待七年，然后重新开始。七年之久，非常人所及。何以琛赌输了时间，却赢得了未来与赵默笙在一起的分分秒秒。而何以琛赢就赢在他与赵默笙是真心相爱，这和别的故事并不相同。我想说的是，爱情不可以将就，任何人都无法替代。无论让我继续等待，还是让我学着忘记，爱情从来都不需要代替的爱，因为我们谁都不希望那个深爱他却不爱自己的人一直成为我们人生的阴影。

爱情没有替代品，爱情不能将就。因为你曾经是我生活中唯一的执念，与任何人无关，我不愿将这负累再增加在其他任何人身上。我只愿你的未来会遇到你想要倾心相待的女孩，遇到那个更好的女孩。而我的人生还要继续下去，我也会有自己想要的生活。或许多年以后你会看到，我在某个地方和我一辈子想要相守的人执手篱下。

我学会了遗忘，我面向阳光，重新开始。看着走在我前面完全陌生的背影和那清澈响亮的声音，我知道那是新鲜的内容，那是我一直在寻找的幸福，那是我苦苦追求的归宿。

我终于忍不住扬起嘴角，奔跑向前。我陈旧的记忆从此开始注入新鲜的血液，这将是我的舞台，这将是我一个真正崭新的开始。

迎着阳光开放的花朵才最美，这样的爱情才幸福。

14.不轻易问，只安静等

我有一个朋友的闺蜜，我对她的故事感触颇深。

有一天，我被邀请参加这个朋友举办的聚会，闲聊时，朋友看向正在拥抱的一对儿情侣。朋友跟我说，那个女孩是她的闺蜜，名叫夏沫。看着他们幸福的模样，我问朋友他们是刚在一起的吧。朋友摇摇头，说他们已经在一起四年了。我惊讶于他们四年的爱情长跑，于是朋友和我讲起了她这个闺蜜的故事。

朋友跟我说，夏沫曾被她们这些朋友劝告与刚才的那个男孩分手，夏沫在她们眼中曾是这个世界上最傻的女孩。我迷惑不解，看着这么幸福的画面，怎么能说傻呢？朋友跟我说，当时夏沫的很多好友都跟夏沫说，她的男友好像有新欢了。她们都劝告夏沫果断与他分手，而夏沫只是笑笑没有说话。当然，夏沫也曾见过几次男友与别的女孩搂搂抱抱，而夏沫却从来没有问过她的男友。相反，她男友却总是跟夏沫说他很忙，没有时间陪她。

每一天，夏沫都享受在这少之又少的欢愉中。夏沫感受到男友的这些变化，却依然毫无怨言地对他好。直到去年的某一天，夏沫的男友向她求婚，夏沫才轻轻抚摸着他的脸颊说："亲爱的，你知道吗，我一直都在等你回来。"听了夏沫的故事，我当时只说了一句话，至今记忆犹新："不轻易问，只默默等待。"

夏沫的幸福叫默默守候，不轻易问，只是安静地在原地等男友回来。世界上有一种守候，不惜每天忍受孤独、忍受责备，不惜被众人所不理解，夏沫就是这样。夏沫不惜一切代价执着于这份爱，守候着这份爱。默默守候是她对爱情的坚守，默默守候是这个世界上最长情的告白。夏沫倾其所有守护她的男友，倾其所有去爱他，夏沫的默默守候换来了她此生最真挚的幸福。

信任是爱情中最宝贵的财富，夏沫用这份财富换来了男友求婚，换来了她梦寐以求的爱恋。如果你不信任对方，爱情很难长久。在有些人的爱情观里，恋爱的一方为了正装出席聚会，稍微化个妆，另一方可能就会以为她（他）参加聚会是为了见某个异性，这不是真正的爱情。恋人连最起码的信任都没有，还有什么理由去说爱，还拿什么去爱？夏沫看见自己的男友和其他女孩搂搂抱抱，这在众多女孩看来，必然是我只相信我的眼睛，我不相信他，然而夏沫却并没有用怀疑为这段爱情增添暗淡之色。

夏沫的爱不是占有，不是控制，是信任与包容。夏沫的爱情或许少了些陪伴，可是激情并不是爱情的主旋律，平平淡淡才是真。双方在爱情长跑中都需要经得起怀疑的目光，经得起怀疑的考验，才能获得最终的信任，收获真正的爱情。

夏沫的爱情叫唯一。夏沫始终相信爱情，相信身边的人，相信自己的男友。因为她明白，如果是谎言，不用她来怀疑，一切都会不攻自破的。有人说，经历过爱情长跑的两个人是最适合结婚的。但是爱情并非是时间能衡量的，爱情是依靠彼此之间的信任在成长。这种爱情，叫信任。

一个真正爱你的人一定是懂你的人。真正爱你的人会用他所喜欢的方式去爱你。默默守候是双方默契的习惯，是彼此两情相悦的见证，是两颗心相互的沟通。

默默守候是生命的一种温度。我不问，我只是默默地等待。穿越时空的牵挂总是让人心动，流下的泪水总是让人心疼。因为有爱，一个眼神就可以化解万难。

默默守候是世界上最温情的语言。我不问，我只是默默地等待。这种等待包含了万千语言。我默默等待，因为我知道你的苦衷；我默默等待，因为我珍惜这段感情。

默默守候是在双方心里架起的一道温暖桥梁，能驱散对彼此的怀疑。

我不问，我只是默默地等待。因为我深有体会，明白你的苦衷。

我默默等待，因为我对这段感情有信心，因为我懂你。因为懂你，所以包容。我默默等待，因为我相信等待我的是温暖和幸福。

我不问，因为我相信我的心。我眼睛看到的也许是假象，我耳朵听到的也许是虚幻，只有心的感受才最真实。

我不问，因为我把一切都交给时间，时间会告诉我，默默守候最长远，平平淡淡的爱最幸福。

不轻易问，只安静等，因为我相信你，我懂你，我可以走进你的内心，看懂你心中所想。不轻易问，只安静等，因为时间会沉淀出最真挚的感情。

我不问，因为我相信我们走过的风风雨雨。那并非是过眼云烟，它们在彼此心中都留有痕迹。

我不问，因为我会用你最需要的方式去爱你。

我不问，只是默默等待，因为我的一生有了你默默守护。

我不问，只是默默等待，因为我的一生有了你小心呵护。

我不问，只是默默等待，因为我的一生有你相陪，过往、未来都有你，你一直都在。

不轻易问，只安静等，有一个懂你的人是此生最大的幸福。我们的爱情，是这个世界上最美丽的奇迹。

15.你的拒绝给了我完美的回报

前几天，有一个女孩跟我聊天，她叫晚晴。我当时从她的文字中读出了她抑制不住的欢喜。她跟我说，感觉现在的自己有血有肉了。她对现在的自己很满意。我很庆幸，她终于走了出来，犹记得三年前的她一直处于迷茫困惑之中。

三年前，下班回家的我打开微博，留言板上弹出一条新的消息，是一个小女孩心碎流泪的表情，而这些表情填满了电脑屏幕。我马上私信和她聊天，去了解她的彷徨与无奈。这个小女孩就是晚晴。

三年前，晚晴刚上高一，她考入了市二中。但是她并不开心，因为这并不是她梦寐以求的学校，她的理想高中是一中，可是就是那一分之差，让她与市一中失之交臂。郁闷的她从开学第一天的军训起就萎靡不振，原地站军姿让她感觉无聊与乏味。或许是教官察觉到了大家的兴致并不太高，于是命令男女生近距离面对面站军姿，而站在她面前的男生是路冉，晚晴一直愣愣地盯着他的脸。路冉直立的短发显得特别有精神，那双明亮的眼睛透着温润的眸光，晚晴看呆了，心动就在这一瞬间。因为他，让晚晴这无聊的高中生活有了色彩。

安排座位时，他们两个竟然是前后桌。晚晴总是时不时地暗示路冉自己喜欢他，可是路冉就是装聋作哑没有任何回应。晚晴按捺不住心中的悸动，给路冉写纸条，但是却杳无音信，没有回复。晚晴依然没有放弃，每天都将零花钱省出来给路冉买早餐。可是路冉却总是把晚晴买给自己的早餐给没有吃饭的同学。晚晴的心里有点儿失落，但依然坚持不懈买早餐。终于，路冉忍不住了，给晚晴写了张纸条：“第一，我不喜欢你；第二，我替那些吃你买的早餐的同学谢谢你。”晚晴的心仿佛被什么东西蜇了一下，生生地疼。

但是在懵懂的青春里，就那一眼，晚晴的眼中就已经容不下任何人，心中只有那个男孩。她从路冉的朋友处得知，路冉喜欢头发短的女孩，晚晴当天就把自己长长的头发剪短了。听路冉的朋友说，他喜欢瘦瘦的女孩，晚晴就每天节食减肥。晚晴就这样一心一意喜欢着他，做他可能喜欢的任何事。然而，直到某一天，晚晴看见路冉跟一个女孩有说有笑，她能看出路冉眼里的关切。那是第一次，她居然冲动了起来，跑到那女孩的班上警告她。

放学后，路冉在校门口等晚晴，晚晴以为自己终于得到他回应了。没想到，脸色铁青的路冉愤怒道："我拒绝了你那么多次，你不知道吗，你没感觉吗，我不喜欢你，再说我怎么会喜欢一个不自尊不自爱的女生。"那一刻，晚晴的所有喜欢全部崩塌，但晚晴依然倔强地说："我的喜欢与你无关。"也就是在那一天，我收到了晚晴的留言，她一直重复着跟我说："他说我不自尊不自爱，他居然说我不自尊不自爱。"我当时只对她说了一段话："因为喜欢一个人，你浪费了你一个学期的青春，你早已把你的梦想抛之脑后，你忘记了一直爱你的父母，你却因为喜欢一个人，做了那么多不招人喜欢的事情。"我也不知道当时的晚晴想通了没有，只知道我们之后再也没有联系过。

几天前，突然收到她的来信，我很激动，我想知道她后来怎么样了。她跟我说，自从路冉拒绝自己之后，她开始请家教，上补习班，如悬梁刺股般争分夺秒地学习了两年，她把自己逼进了没有退路的绝境。

天道酬勤，功夫不负有心人，两年时间的发奋努力终于在高考的考场上给了晚晴完美的回报。晚晴高考成绩六百多分，连她自己都不敢相信。始料未及的是，分数出来的那个晚上，路冉居然给她打电话，他说了许多祝贺的话，然后就一声不吭了，保持沉默。一切都太突然了，晚晴竟不知所措。两年的时间，她早已把他遗忘。最终，晚晴说："路冉，谢谢你曾经拒绝了我。你说我不是自尊自爱的女孩的那个晚上，是我最恨你的时候，可两年以来我却要谢谢你，谢谢你的拒绝给了我完美的回报。"

时间带走了晚晴曾经对路冉的爱，时间带走了晚晴在追求爱情中被拒绝的忧伤，也带走了晚晴对路冉的恨。同时，时间也让晚晴更好地成长。

每个人都在经历一些事，但最终这些事都会如过眼云烟，在你眼前消散而去。经历过的终将逝去，哪怕曾经再痛彻心扉，每一段旅程都将载着悲与喜前进。悲的是在懵懂无知的少年时代里你对我的拒绝，喜的是你的拒绝成就了更好的我。

当初，一道道难题横在你我之间，考验着我们彼此的心。我们在错误的时间和错误的地点不期而遇，巧的是我偏偏喜欢你，而你却多次拒绝了我对你的爱，最终酿成的苦酒只有自己吞咽。你说我对你死缠烂打，你说我不懂得自尊与自爱。我化悲痛为力量，学会自尊自爱，成长为更好的自己。原来曾经的我们都没有错，因为世界上爱的纠葛一直在上演，我只是这里面的一个过客，我不是孤独的。跌倒了再爬起来，认清现实，寻找出路，展望未来。我们要感谢那个曾经拒绝我们的人，我们不能总是乞求别人可怜，要有尊严地活着，成长为更好的自己。

谢谢你拒绝我对你的爱，让我不用陷得太深。谢谢你拒绝我对你的爱，让我认清现实，认清自己，现在的我会以最好的姿态迎接那个喜欢我的人。

16.爱情不可以重来

我读过很多与青春有关的情感故事，其中的观点我也十分赞同，在生活中都能找到原型。而我一个朋友对爱情的看法，我并不赞同，我这个朋友名叫家豪。

家豪的性格永远都是那么好强，他认定的人生目标铆足了劲儿也要完成。记忆回到我的十八岁，那天我和几个朋友一起走在回家的路上，一辆黑色奥迪车从我们面前奔驰而过。家豪指着已经走远的奥迪车说："以后我也将有一辆这样的奥迪车。"众人大笑，想着课堂上不学无术的他有着如此天马行空的想法。前段时间，他来我所在的城市出差，我们小聚了一下。如今他一年的薪水早已超过了那辆奥迪车，他付出了多少血泪不用我来描述，可想而知，他的人生就是一部奋斗史。

家豪还有一个来我这个城市出差的目的，我们的一个女同学要结婚了。这个女孩曾经是家豪苦苦追求的女孩，家豪被她拒绝了多次，可被拒绝的理由从来只有一个，因为他不能给心爱的女孩买一碗牛肉面。他的这段追求就因为这个原因而草草结束。这一次，女孩要结婚了，可是新郎却不是他，这是多么悲哀的事情。

我问家豪，我们去参加她的结婚典礼，拿点儿什么，准备什么贺礼。他竟苦涩地回答说："买一碗牛肉面当贺礼。"在现在有能力买十碗牛肉面倒掉九碗的经济条件下，她却再也不属于他。听着他开玩笑似的回答，我却深知他内心的苦涩。

当初家豪追不上女孩，原因是他认为自己买不起一碗牛肉面，他认为自己没有负担起女孩整个青春的能力。可是家豪却忘记了一件最重要的事情，爱情不是在你变优秀之后就能得到的。爱情不可以重来，在爱情面前，最珍贵的是一起走过的那段岁月，最珍贵的是彼此曾相携走过的日子。

我和家豪讲起了前一阵子我的女粉丝K米的故事，她的故事我记忆最为深刻，因为她的故事总让我想起我的高中和大学时代。

K米跟我说，她一直是班级里的活跃分子，从来都是不学无术，试卷分数永远都在及格分数以下，成绩相当稳定，每次都是考五十九分。高考那年，依照她的成绩，她勉强能上个专科学校。父母为她找了一份简单的工作，她拒绝了，她一直坚持着一个信念，她要考上本科。没想到，她还真的考上了。

别看K米总是老师关注的重点对象，可她的人缘还是非常好的。就在她被授予学士学位那天，她邀请了她所有的高中同学来参加她的毕业典礼，除了有事不能来的，其他的同学都来了。K米当时被推选为班级发言人，她一上台，依然是那种陈腔滥调，“感谢老师、学校、同学”，谁能料到最后她的一句话却令人大跌眼镜，“感谢前男友的激励之恩。”

K米跟我说，她之所以邀请所有高中同学来参加她的毕业典礼，只是为了让自己的前男友看见这一幕，只是为了向前男友看齐。有朝一日，自己的前男友看到此时的自己，至少不会觉得自己太差。但是，当你足够优秀了，爱情却不可以重来，这会成为我们人生当中美好的回忆，我们怀念过去那段奋斗的时光。

家豪感慨道：“过去是一种回忆，而不是负担。”是啊，有些人注定要失去，即使你用尽一切办法，即使你变得更优秀，一切都无法挽回。忘记过去，展望未来，才能让自己变得更加令人瞩目，最终你会找到适合你的那个人。

字写错了可以重新去写，画画错了可以重新去画，唯独爱情之路不能重新走过。爱情犹如一段未知的路，你永远都不知道这一路的风景是什么样子。前路漫漫，难以预料，充满诱惑，富于挑战，但是却无法重来。家豪将未来都押在要挣几辈子都吃不完的牛肉面的梦想上而执着奋斗，奋斗固然没错，但错就错在没有人可以等待他。现在的家豪有能力让那个女孩吃上数不尽的牛肉面，可是女孩却再也不属于他。

K米努力学习只是为了向前男友看齐，不知她是否想过，她的奋斗目标里还有爸爸妈妈望女成凤的期盼。

每个人都有自己的舞台，都有自己要追寻的爱情，每个人的追寻都将是一场独一无二的演出。为了早已化作云烟的爱情，为了对方早已不在乎、早已遗忘了的爱情，年少的我们与岁月殊死较量，在行进的路上，我们都忽略了爱情不可以重来。

过去已经从我们生命中溜走，因为我们没有把握住时机让曾经的自己更美好，让曾经的自己符合对方的意愿。在生活中，我们经常听到这样的感慨：如果让我回到从前，我一定会怎么样。每个人都做过这样的假设，我们总是对过去寄予幻想，但这并非是我们所能控制的。

时间在变，你我在变，爱情也在变，你或许早已被你心中所想的那个她（他）所遗忘。

有的人一辈子都活在回忆里，活在自己的假设中，殊不知自己才是最傻的那一个人。如果这个世界上有假设，就不会有那么多人期待后悔药，就不会有“后悔”两个字。而聪明的人，却在用更多的时间把握梦想，憧憬着未来。

爱情如人生，我们没有机会选择重来，当下就很好。

愿你岁月静好，现实安稳。

17.该清醒时别糊涂

她与他相识在最好的年纪，不是萝莉与大叔，他仅大她六岁，但却已成家立业。两个人本无交集，一个在商场上叱咤风云，是生活中的宋思明；一个在艰难的日子中绽放着青春，恰如海藻。

该遇见的人终归逃不掉，两个人说不清为什么就在一起了。她知道他有妻有子有责任，但还是不可救药地爱上他了。他妻子从不知道她的存在，她很乖，只想好好陪伴着他，对他妻子置若罔闻。他对她也很好，很疼爱她，物质方面也从不亏待她。两个人在一起时，她完全感觉不到他是有家的男人，因为无论任何时候他都会接她的电话，任何时候他都会带她去她想去的地方，只有逢年过节例外。他总说：“放心，我会离婚娶你的”，她便等。这一等就是五年，她从如花少女变成了大龄女青年，她问我，她该怎么办？

我说:“故事大都不同，结局大都相同。”

她反驳说:“他是真的想离婚娶我的，可是因为他事情太多，一件件应顾不暇，事情就这么被耽误了”。

我听完之后又气又好笑，姑娘，我该说你单纯还是傻呢？离婚这么大的事情也可以被耽误？被耽误一天、两天，一个月、两个月，条件再放宽点儿，耽误一年、两年都可以，耽误五年这个梗你不觉得很滑稽吗？他的事情都是天大的事情，你的青春年华就这么活该被耽误吗？

也是，你永远无法叫醒一个装睡的人，人只愿意相信自己想要相信的事情，即使是对方拙劣的借口也挡不住自己内心强烈的期盼。什么事情是不可控的？情感！什么事情是可控的？行为！一个人对另一个人若没有情感，那他的行为就是可控的。简单地说，他若是真心想离婚娶你，不管他老婆是不是一哭二闹三上吊，他都会离婚。因为当他置身于一个很糟糕的事态中，他一定会动用身体的每一个细胞去摆脱这样的处境。人的潜力不容小觑，不容怀疑，这大概就是一个高等生物最显著的特征。所以，他若是对他妻子、对那个家已经厌恶到不可忍受的地步，若是想娶你到了发疯的地步，他一定会以最快的速度离婚。

她说:“既然没有想过娶我，为什么他和我在一起这么久？若不是假戏真做，又怎么会花五年的时间逢场作戏？就算是游戏，也该玩腻了吧，我难道不早该被甩掉吗”？

这一连串的问题问得好，但也只是一个很简单的问题，归根结底就是一句：要不是真爱，怎么能相处这么久？这就好像你养了一只宠物，整整养了五年，你们食则同席，寝则同榻，你分享着它的喜怒哀乐，与它朝夕相处，陪它度过漫长的每一天，见证着它的成长。现在让你将它丢弃，你忍心吗？你当然不忍心，情感正常的人都不忍心。宠物尚且如此，更何况是人？他对你是有感情的，但感情分很多种，你们之间绝不是爱情。例子不好听，但我是认真举的。他对你的情感，大概只有不舍与不忍了。

再者，有一个无公害全心爱着他的女人在身边，他又有什么损失？这边柔情蜜意，那边也未必不是其乐融融，人家日子过得美着呢。你的长久存在，对于一个男人来说只是锦上添花，这是他的占有欲在作祟。

她又问:“你的意思是他根本不爱我吗？”

我说：“根据你说的情况，他妻子对他出轨这件事完全不知情，他想以别的借口结束这段婚姻，所以他和原配一直也没有分居，他们依然在同一个屋檐下生活着。我想，他既不爱原配，也谈不上爱你。爱有排他性、唯一性，爱情的原则是忠诚，这包括心理上的，身体上的。他如果爱他的妻子，就不会有你出现；他如果爱你，又怎么忍心让你和原配共侍一夫？怎么会让你在每个夜里承受着他躺在其他女人身旁的痛苦？如果他爱你，又怎么会忍心冠你以第三者这么不光彩的身份？如果他爱你，为何让你苦等了五年？所以，他最爱的人是他自己”。

她低下头，轻轻地说了一句:“那我现在该怎么办？”

我说：“第一，他说离婚娶你，那么好，请他给你一个确定的时间，期限到了他若还是推三阻四借口多，那你便头也不回地离开。不要心软，不要再相信他的任何说辞，无论那理由听起来是多么充分。要知道，谎言的受益者永远都是说出谎言的人，他就是吃准了你委曲求全的心态才一次一次欺骗你。第二，早做打算，我知道有很多像你一样的女孩在离开之后才发现这些年自己仅有的东西只是一些金银首饰、一堆名牌包和一箱子名牌衣服。锦衣玉食的公主被打落凡间，瞬间狼狈得露宿街头。第三，花时间与自己对话，跳出你们的情感旋涡，在理智清醒的状态下细细思考你们这段感情，寻找一个个巨大问题背后的答案。总之，不论结果如何，我希望你依然相信爱情。不要害怕结束，从黑暗中迎来的阳光才是最温暖的归宿。”

18.电子竞技没有爱情

粉丝小白给我留言说：“我男朋友回复我的信息至少要半个小时以后，我生病了给他打电话永远都是无人接听。等我从医院出来了，才接到他姗姗来迟的问候。我问他为什么不接我电话，他犹豫了好久才说是在玩游戏，我真的受够了，游戏真的比女朋友还重要吗？”

优优说：“放暑假，我不用上班了，就在家里闲着做做家务，男朋友每天下班就在客厅打游戏。平时只有我和他两个人，我还能忍。但是有一次我闺蜜来家里吃饭，我已经做好饭了，但他还在玩游戏，让我们等他十几分钟。十几分钟后，菜都凉了。后来因为他总是玩游戏，我和他吵了一架跑出去旅游了。本来我们计划年底就结婚，现在我觉得我应该重新考虑一下了。他像一个永远长不大的小孩，我不想一直给他当妈，除了和他谈恋爱，还得照顾他的情绪。”

小纪说：“好不容易周末了，想约男朋友看电影，重点不是看电影，只是想两个人能够多点儿时间相处。但是他竟然跟我说周六答应了兄弟赛队比赛，不能爽约，能不能周日再去看电影。我当时很生气，一整天美好的心情都被破坏掉了。我还算比较冷静，让他自己和游戏过吧！那场电影，我约了闺蜜。电影演了什么，我一点儿也不记得，脑子里只想着他和他的破游戏，原来我还没有游戏重要。”

看完上面三个粉丝的抱怨，我深切地感受到了女生对游戏的厌烦。在我还是学生的时候，室友们也是天天打游戏，大门不出二门不迈。后来有一个哥们儿谈恋爱了，就脱离了他们的游戏战队，专心致志谈恋爱去了。他整天打扮自己，生怕姑娘看不上他。有句话说得好，谁能看上打游戏的男人真是瞎了眼。我哥们儿为了证明女朋友能够慧眼识珠，就使劲儿捯饬自己，被另外的室友笑话了好久。

孰轻孰重，我哥们儿还是能分清的。打游戏又不能过一辈子，也不会让生活变美好，更不会得到灵魂深处的慰藉。游戏并不是生活必需品，但却是打发无聊生活的必备品。在你还没来之前，他的兴趣爱好就是游戏，这是一个习惯，像抽烟喝酒一样的习惯，很难戒掉。

人们都说电子竞技是没有感情的，其实不然。电子竞技不是一个人的战争，而是一个团队的默契配合，你的输赢都关系到团队的利益。如何在游戏和女友之间选择，其实根本不需要考虑，女朋友当然比游戏重要多了。但是在玩游戏那一刻，他心里就已经没有其他感情存在了。网上流传着各种各样的女友作死毁掉男友玩游戏的策略，比如拔掉电源线、拔掉网线等等。在男友玩游戏那一刻，男友心里只有电子竞技，所以被女友毁掉游戏之后，他爆发出的愤怒情绪不可控制，从而导致很多情侣因为游戏走到了尽头。这也让诸多女孩担心，担心游戏会夺走她们的爱情。

男人玩电子竞技相当于女性看小说、刷网剧，只是生活之余的兴趣爱好。如果在男友打游戏的时候，你在一旁做自己的事情，刷刷剧，看看小说，时不时聊两句，是不是也是一种别样的相处方式呢？现在出去喝茶聊天，男女朋友明明坐在一起却还是各自看着手机。别以为人家的感情就一定不好，男生会时不时喂女孩吃点心，走时会细心地为女孩拿包，这是他们的默契。相处的学问，博大精深。

你如果看不惯男友对游戏那么上心，那么请你再多一点儿耐心，去了解他的世界，去了解电子竞技。我有一个朋友叫胖胖，因为她男友总是玩游戏，聊天总离不开游戏，她跑来咨询我该怎么办。我告诉她，你不了解他的兴趣就先不要否定它的价值，如果你了解了，你还是生气，那么你可以离开他了。如果不是因为游戏，你们还会因为各种各样的事情争吵，这就已经不是游戏的问题了，而是你们相处的方式有问题。

胖胖花了一个星期去了解电子竞技，然后一发不可收拾地爱上了电子竞技，常常和男朋友一起打，她打辅助，保护AD男友。胖胖让男友又是喜又是忧，忧的是怕她迷上游戏无法自拔。胖胖经常跟男朋友讨论战术，后来胖胖不玩游戏了，但不会阻止男友玩，因为她知道，她不是在阻止他玩游戏，而是在剥夺他的爱好。

你辅助，他射手，你们是天生的一对儿。虽然电子竞技里面没有爱情，但是你们是彼此最忠诚最默契的伙伴。现在很多妹子都投身在《王者荣耀》游戏里无法自拔，就算是二次元，也玩得不亦乐乎。时代在变化，你必须承认，你不是烦恼男朋友玩电子竞技，而是讨厌他除了你之外还有如此认真专注的对象。

女生的兴趣爱好往往也让男人不理解，为什么逛街试穿那么多衣服，明明有喜欢的却还是不买继续逛街？为什么女生的口红比键盘上的字母数量还多，用得完吗？为什么衣服已经很多了还是觉得没有衣服穿？同样的，女生不理解男生怎么能在游戏世界中如此认真，男生也不理解明明是虚假的电视剧你还是会哭成泪人。如果男朋友愿意和你一起刷剧一起感动，你是不是也能和他共同玩游戏攻破敌方水晶？这是一个伪命题，很少有人这样去想，更不会这样去做。

你让男友放弃游戏，就如同让你放弃看剧、放弃逛淘宝一样艰难。何不去了解一下电子竞技，它为什么让人如此着迷，它为什么会出现？美国科幻片的出现就是为了迎合大众，在快节奏的社会、在繁杂的工作之余能够得到另一种放松。那不是亲身经历的故事，但是从某种程度上弥补了心灵上的空缺，让你真真切切地感受英雄主义。游戏的诞生是时代发展的产物，你阻止不了它的进步，但是你可以试着接受它。

如果你爱你的男朋友，就去他的内心世界看一看，除了和你在一起时的样子，他还认真对待的电子竞技是个什么东西，它凭什么夺走你男朋友另一半的专注。就算电子竞技没有爱情，但是你可以让它增进你和男友之间的感情。

19.男人这种生物

程程在微博上给我发私信，她说:“我和老公恋爱一年，前不久刚刚步入了婚姻的殿堂。老公三观很正，模样有点儿蠢萌，言行举止呆呆的，看上去就是很老实的男人。从恋爱到结婚，他对我一直很好，家里脏活累活都是他包揽而且从无怨言，生活上对我也照顾得无微不至，基本上大事小事都听我的。

“但有一点，他从来不在朋友圈发布关于我的动态，也不发布我的照片。我每次问他为什么，他总是说‘有什么好发的，好像我身边的朋友都不知道你是我媳妇一样，自己日子自己过。’之前，我和朋友开玩笑聊过这件事，他们都说让我小心点儿，可能有情况。但我非常明确的是老公没有什么情况，我们刚刚结婚，两个人生活得很幸福，只是他从来不在朋友圈发布关于我的动态，我不知道他到底怎么想的。我看着别人在朋友圈秀恩爱，心里很不是滋味。××，你站在男人的角度上能帮我分析一下吗？”

婚姻生活是一面放大镜，将生活中鸡毛蒜皮的小事尽数放大，有的人选择睁大眼睛一起来找碴儿，有的人选择视而不见。程程的问题我想大多数女孩也有类似的经历，且深感疑惑。我曾经看过一句话，男人从来不把你公布在朋友圈的原因只有三个：一是嫌你丑，二是有别的女人，三是正在给别的女人机会。我不知道说这种话的人都经历了什么，身上怎么会有如此的戾气，难道就不可以是性格使然吗？

有的人喜欢发布朋友圈，有的人不喜欢，有的人喜欢秀恩爱，有的人则反之，怎么这么浅显的道理到了女人这里就成了一件百思不得其解的问题？原因是男女存在着比较大的思维差异。男人在一段亲密关系中，往往会避开谈论琐事，避开可能存在麻烦的事。例如，男人开车送一个正常关系的女同事，男人的妻子打来电话问男人在干什么，这时候男人一般不会告诉妻子在送女同事回家。这绝对不是什么心里有鬼，而是男人的大脑会自动过滤掉这些会引起麻烦的事情，过滤掉不必要的琐事。

我们可以想象一下，假如男人说了实话，电话那头大约是无休止的盘问了吧！这就是男人天性中害怕麻烦的一面，而女人却在这些细枝末节上尤为关注。那么有人说了，按你这么说，男女本身存在着各种差异，所以男人撒谎还有理了？一句怕麻烦就可以名正言顺地推卸责任了吗？抱歉，理论上来讲是这样的，就等同于女人莫名其妙发脾气然后理直气壮地说一句：我来大姨妈了。瞧瞧，人就是这样，什么事情放在自己身上就很好解释，放在别人身上就成了不可饶恕的错误。

另外，男人在一段亲密关系中不会轻易表露自己的情感，这就是程程和大多数女人遇到的问题。通过程程的表述，我认为她老公是一个一心只想踏踏实实过日子的男人，心里没有那么多的小九九。他之所以从来不在朋友圈发布关于程程的动态，除了以上三种奇葩解释之外，还有一种解释，那就是不想让其他人对自己的老婆评头论足，而朋友圈向来是滋生嘲讽与谈资的温床。不论那些评价是好的还是坏的，在他心里，我老婆的任何状态都和你们这些外人没关系，我留着自己欣赏就好了，老婆不是拿来炫耀的。

在我看来，程程的老公其实是在保护他的家庭隐私，保护程程，这是一种下意识的行为。程程的老公属于非常实际的行动派，我爱你，就表现在生活中对你点点滴滴的照顾中，就表现在生活中对你的疼爱，而不是搞些虚头巴脑的东西，比如晒个朋友圈。当然，男人属于牙打碎了都能往肚子里咽的生物，男人不善于表达内心的情感，什么事情都自己扛着、忍着，没有为什么，因为他们是男人。所以每当女人打破砂锅问到底的时候，男人不会说出自己的真实情感，毕竟那是很不好意思的事情，所以往往几句不痛不痒的话就把女人打发了，但他们内心的潜台词是:傻女人！但女人还是不明所以，最后的最后，女人只能一脸委屈，愤恨异常。

不少女人认为，让老公在朋友圈发布自己的动态只是为了宣布主权，从而起到排她性。殊不知，就算他在朋友圈发布一千条你的动态，想摘野花的男人总会有办法，那些莺莺燕燕也不会因为他发布了你的动态而收回抛出的橄榄枝。关于这一点，女人的想法就有点儿略显幼稚了，不过幼稚得可爱。

总之，有人在朋友圈秀恩爱并不代表他们真的恩爱，有人从不秀恩爱，也许是恩爱得根本没时间秀。所以聪明的女人从不在这些小事上计较，正如程程的老公说的那样，男人身边的朋友都知道你的身份，那秀来秀去是不是显得矫情了？不秀就不秀，只要这个男人一如既往地爱着你，用心经营着你们的婚姻，这就够了。

最后我想说，在这件事情上，程程的老公没有什么大问题，真正的问题其实是源自于程程本身。怎么别人秀个恩爱你就心里不舒服了？这种心态是万万要不得的。一旦你有了这种心态，若不能及早地意识到它的严重性，它就会占据你的全部生活。你需要找回健康成熟的心态，从容面对这些问题。

有一句俗语说得好，人比人气死人。在朋友圈里，我们所看到的他人的一切，都是他人想让我们看到的，是苦心塑造出来的。他人的苦乐我们未必知道，但你的幸福，你是能真切感受到的。那不妨牢牢抓紧自己的幸福，用力快乐，管他人干什么呢?

男人这种生物，女人从思维上真的无法理解，但一定要试着理解；女人这种生物，男人也无法理解，但不用理解，往死宠就好了。

真心祝愿程程和老公可以恩恩爱爱，幸福一生。至于别人秀恩爱，那就让他们秀吧。

20.爱是你背后永远的支持

人与人之间的相处，差别真的很大。有这样一类人，你可以对她（他）无条件地信任，做她（他）背后永远的支持。我一直以为这样的相处方式只存在于亲情之中，没想到在友情、爱情中同样适用。

那天一个多年不联系的朋友跟我聊天，我很欣喜。我们是从小玩到大的好哥们儿，当初我们因为一场公开考试而渐行渐远，我们之间断了联系。那天他跟我在微信上聊天，我们先是诉说了一下自己的近况，最后他回归正题，他说他的公司需要投资，让我借他点儿钱。我没有一丝犹豫："好，多少钱，你的账号发过来，我打给你。”尽管我们很长时间联系寥寥，但友情却没有丝毫消减，因为是你，我可以无条件地信任；因为是你，我无条件地支持。

前几天，粉丝Q萌和我聊天，我与她的聊天过程让我受益匪浅。兜兜转转，原来我们一直的动力是我们背后爱的支持。Q萌对我诉说了她的爱情故事。上高一那一年是她人生中最美好最难忘的一年，那一年她收获了爱情。

高一上学期开学两个月，学校为了让新生更好地适应高校生活，组织了一次社会实践活动，野外训练一周。本来Q萌无所谓，一个活动而已，她想着大不了再去那儿混一周。我当时特别惊讶，混一周？她跟我说，从小学到现在她一直在混，她已经混了十几年了。她从来不认真学习，可是她的学习成绩永远保持在全年级前三名。

老师对她很无奈。老师虽然喜欢她的成绩，可对她平时吊儿郎当混的态度却十分不满意。Q萌已经混了五天，以为再混两天就可以结束。然而，理想很丰满，现实很骨感。他们的教官要举行跳伞活动，而且是两千米高空跳伞，这对于恐高的Q萌来说真的很难做到。Q萌本来想着她到最后边，或许教官就看不到她了，不用让她跳了。然而，事实并非如此。

“Q萌，该你了。”教官的声音传来。在教官的眼神威胁下，Q萌很不情愿地走到飞机后舱。看着下面云雾缭绕，Q萌是真心害怕。这时候，一个好听的声音传来：“教官，我陪她跳吧。”帅气的脸庞映入眼帘，Q萌在心底喊着救星啊，待教官同意后，男孩一手握着Q萌的手，一手揽住Q萌的肩。男孩看着Q萌紧张兮兮的表情，安慰道：“别怕，有我，我一直在。”“3，2，1，跳！”教官用力喊着。

降落伞徐徐落地，落地的刹那，Q萌腿一软，差点儿跪在地上，男孩眼疾手快马上将Q萌拉了起来，并且抱起来。“谢谢你！”男孩俊朗的容颜上带着一丝淡淡的坏笑。

我想象着Q萌与男孩在一起的画面，蓝天白云下，俊男美女你侬我侬。Q萌幸福地跟我说：“从那儿以后，我开始认真地对待每一件事，每一件事我都积极面对，大胆尝试，不再混了，因为我知道，他一定在背后支持着我。”

在跳伞面前，Q萌是鸵鸟，她不敢面对，她害怕，她需要一个人帮助她走出困境，她需要一个人牵着她走，领着她，带着她，安慰着她，她需要一个人来告诉她：“别怕，我陪你，我一直在。”Q萌遇到了这样的男孩怎么会不心动，怎么会不爱？男孩喜欢Q萌，但是大大咧咧的Q萌却不知道，男孩一直在默默地支持着Q萌。

漫漫人生，我们会遇见各种各样的人，适合在一起的人也不少。然而，这个世界上只有一个人，会让你感觉只有那个人的陪伴，只有与那个人相携走过，你的人生才不会孤独，你的爱情才会幸福，而这个人就是在背后默默支持你的人。

男孩喜欢Q萌，因此愿意舍身相救，陪她一起跳伞，让Q萌不再尴尬，不再害怕。男孩是真的喜欢Q萌，男孩并不清楚Q萌是否有喜欢的人，但是男孩愿意在她不喜欢自己的前提下让Q萌此时不孤单。这个世界如同一框时序轮转的风景画，而男孩在框外，不知道自己身处何地，不知道现在是何时，只知道有个人他必须去守候，有个人他永远都支持。男孩的默默支持，犹如手里掬着一缕阳光。男孩将阳光送给Q萌，只愿Q萌度过的每一天都是晴天。

当爱情刚刚萌芽的时候，它稚嫩而且脆弱，如同一株山野里刚刚伸展出枝叶的小花骨朵儿。它的前路一片迷茫，它不知道自己能不能绽放，也许哪一场骤来的风雨就会让它烟消云散。但是，它只能用它微小的生命努力撑着，直到生命的结束。爱情之花之所以被强撑，是因为它不忍心那么快就凋零，它不忍心远去，它只想默默地支持，直到生命的结束。

真正的爱不是支配，也不是占有，而是发自内心的支持。“不要怕，我一直在”，这或许才是这个世界上最美的情话。就算我遍体鳞伤、脆弱不堪，我也很幸福，因为有一个人一直陪伴在我身侧，在默默地支持着我。时间或许会让人忘记很多事，但有些事情留在记忆里永远都忘不了，我永远不会忘记我的背后有一个人在默默地支持着自己。

无论你在何时，你在何处，无论你做什么，请记住，我永远支持你，无时无刻不在关心着你，因为你是我最爱的人。不管多少年过去，哪怕青丝成雪，请记住，你不是孤单的人，我一直在背后默默地支持着你。

21.余生让我守护你

故事的开始来自一个在某家餐厅哭得撕心裂肺的女孩。或许是不忍心，我正要走过去询问她，却看见她拉着一个身穿职业套装女生的衣袖：“姐，余生让我来守护，好不好？”

“放手，我不认识你”，这个身穿职业套装的女生一下子挣脱了女孩的手，女孩哭得更厉害了。

我走过去安慰道：“小妹妹，别哭了，你姐姐要是知道你哭成这样，肯定会很伤心的。”

“姐姐？对，我不哭，我不能让姐姐伤心。”女孩说道。

借助酒精的作用，她开始向我袒露心声：“你知道吗，我有个特别爱我的姐姐。”看着脸上泪痕未干的她，我应和着“知道”。女孩有个姐姐，从小姐姐就很受欢迎，与此同时，女孩的嫉妒心开始与日俱增。姐姐学习成绩优异，而女孩却在班级里垫底。姐姐永远都是可以自己发光的太阳，而女孩像是总是在借助姐姐的光芒被人看见的月亮。而让女孩情绪彻底爆发的原因是因为她喜欢的男孩更喜欢姐姐。于是，女孩做出了一个决定，她要离开她一直生活的城市，她要离开姐姐。

当女孩正在候车室等车的时候，姐姐却跟来了，姐姐反问她：“你为什么这么讨厌我呢，这次不用你离开，我走。”

“因为我喜欢的人喜欢你，因为你做任何事情都比我做得好，因为所有人都只关注你，没有人看到我的存在。”姐姐告诉女孩，她知道女孩喜欢男孩，所以姐姐狠心地拒绝了男孩，尽管姐姐也喜欢这个男孩。最后姐姐说：“让我离开吧，你从小依赖爸妈，从来都没出去过。小时候，爸爸妈妈有事回来晚了，你就号啕大哭。如果你离开，你肯定不习惯，你一定不会按时起床，按时吃饭，按时睡觉。这座城市里有你喜欢的人，我知道你割舍不下，放手去追吧，说不定事情会有转机。”

女孩聆听着姐姐的话，哭得很伤心。原来姐姐之所以要变得这么优秀，只是为了能够有能力照顾女孩。她也不愿意洗碗，她也不喜欢做乖乖女，可是这些姐姐和女孩都不喜欢做的事情，如果姐姐不做，那么就会让女孩做，她们两个总有一个人要把这些事情承担下来。女孩哭了，一直在愧疚地道歉，是她误会了一直深爱自己的姐姐。女孩保证她不再做姐姐身后不懂事的小女孩，她不再让姐姐为她背黑锅，余生让她来守护姐姐。

倾听完她的故事，看着倒在桌子上睡得醉醺醺的女孩，不经意间我发现她的嘴角还有一丝笑意。或许女孩一直在回忆：小时候有人欺负自己，是姐姐第一个站出来保护自己；在学校里闯了祸，是姐姐替自己背黑锅，挨爸妈的训；在爱情中开始迷茫，是姐姐告诉自己勇敢追求。我拿起女孩的手机，翻开通讯录，看着通讯录里惹人厌的姐姐的备注，我拨通了她姐姐的手机号，告诉她女孩喝醉了，让她来餐厅接女孩。

血浓于水，亲情就是那份特别存在的爱。姐姐对妹妹的爱不必言说，不用刻意表露，却总能在妹妹失落的每一刻，为妹妹送上最温暖的安慰。还是姐姐最了解妹妹，她知道妹妹的依赖性很强，她知道妹妹舍不得男孩，她知道妹妹如果离开这座城市会不按时吃饭，不按时睡觉。知妹莫若姐。

女孩的深深误会，让姐妹两个人都很伤心。她们都想着要离开，姐姐的离开只是为了让妹妹更舒服，妹妹的离去只是为了可以不再看见姐姐，然而她们却忘了她们的背后还有一对儿夫妇需要她们照顾——父母。无论她们之间谁离去，对父母来说都是一种痛苦。

姐姐一直都在做自己不喜欢的事情，姐姐放弃了自己喜欢的男孩，只是为了让妹妹开心。殊不知她这样做妹妹就开心吗？当妹妹得知真相时，内心充满愧疚，是她的嫉妒心差点儿误会了深爱自己的姐姐。当她知道自己的世界一直都是姐姐守护时，姐妹情深，让妹妹坚定了自己的信念，余生我来守护姐姐。

姐妹之间血浓于水的亲情犹如一本读不完的书，让人总是想去看这本书，永远珍藏这本书。它的存在，是姐妹之间永久的快乐。姐妹之间常常小打小闹，但她们却是最关心彼此的人，最在乎彼此的人。

有一种关心叫作不请自来，姐妹之间永远都在相互关怀，为对方着想。我知道你喜欢那个男孩，我放弃，希望你幸福；有一种默契叫无可取代，姐妹之间心有灵犀一点通，我知道你之所以想离开是因为讨厌我，不用你离开，我走，只希望你好好的；有一种思念因为你而存在，原来你做的这一切都是为了我，你已为我操碎了心，余生让我去守护你。一直以来都是姐姐在守卫着妹妹的世界，余生让妹妹去守护姐姐。候车室里，她们哭着，笑着，抱着，诉说她们对彼此的误会，进行了一场心灵的对话，解开了彼此心中的情结。

自我们出生以来，命中早已注定我们是姐妹，上苍早已安排好了我们的姐妹情缘。无论我们是否在一起，难以割舍的是你我之间的心心相连，最让我牵挂的还是你的安危。唯愿我所关爱的你一世安好。

在人生旅途中，无助的时候，姐姐对妹妹的爱将成为妹妹坚持下去的动力。姐姐对妹妹的爱给予了妹妹永久的依靠，永久的陪伴。有人说，世态炎凉，感情泛滥，然而在感情泛滥的情感路上，唯有亲情会让我们驻足，让我们初心不变，让我们感受到温暖。

之前是你在一直守卫我的世界，余生让我守护你。

22.原来，爱就在身边

爱很简单，有时候它需要通过间接方式来表达，但却处处体现着心灵的美好。尽管是用间接方式表达，但是心感觉到了，它给人一种清爽的味道，让夏日枯燥环境下的自己瞬间闻到了甜甜的香味。

爱虽简单，但是我们却往往忽略了它。我们总是把自己归为弱势群体，总是感觉自己很孤独，没有人爱，欲望之心很难满足。有时候，爱就在身边，只是需要你留心观察罢了。

前几天，我朋友为了满足自己表妹一个心愿，邀请我参加她表妹的婚礼。她表妹名叫晓静，一直是我的忠实粉丝。我朋友向我叙述了她表妹的爱情旅程。

十八岁那一年，晓静找到了人生真爱。晓静一直喜欢邻居家的男孩，可是她不敢表白。晓静常常默默地望着自家对面的那所房子，只是为了看房子里的人一眼。这个男孩不仅和晓静是邻居，而且是同班同学。晓静怕被男孩察觉，每次都是在那里驻足十五分钟，再收起心中那份悸动。她一直偷偷喜欢着男孩，自从男孩搬来之后，自从见到男孩的第一眼，自从知道男孩和自己是同班同学，她的爱便只给了他一人。在遇到他之前，晓静从来都不知道一见钟情为何物？可是，自从见到男孩之后，她明白了。

不知道当初是什么原因让晓静着了迷，不知道是什么东西一直在吸引着她，或许是他永远张扬的短发，是他矫健的身姿，有太多的或许，总之，她喜欢他。晓静知道，遇见他，她眼中就再也容不下任何人了。在班级里，同学们时常调侃他们，总是说他们是最般配的一对儿。晓静一米六，男孩一米七五，真是最完美的情侣身高。晓静是班里的学霸，男孩也是学霸，他们两个时常讨论问题。晓静最擅长音乐，男孩最喜欢体育，两人互补。

对于他们两个人，班级里有数不清的绯闻，可当事人却总是避而不答。有时候，晓静想打破僵局，放下所有矜持，告诉男孩自己喜欢他，可是她又害怕男孩不喜欢自己，最终她打消了脑海里的这个念头。

某一天晚上，僵局还是被打破了。那天放学后，晓静正要关自己家的门，男孩快速跑了过来。

“有事吗？”

“我没有带钥匙，我家人去外地了，两天后才回来，我可以住你家吗？”

“住我家？”晓静吃惊地叫着。

“嗯，要是不方便就算了。”

“啊？没事儿，我们家有空房，进来吧。”晓静向男孩介绍了自己家的厨房和洗手间，然后害羞地溜进了卧室。这注定是一个无眠的夜晚。

第二天早上晓静起来后，一如往常般向对面的房子望去，望了五分钟后才想起来男孩在自己家里。她正要回头，却被男孩撞了个正着。

“怎么了？你在看什么，那个方向是我家呀！”晓静背后环上了一双有力的手。

“你知道吗，晓静，我也每天一直在看着你。”

听了晓静的故事，我感叹道：人们常常执着于远方的美好，却忽视了眼前的幸福。很庆幸，当幸福来敲门的时候晓静抓住了。原来，爱一直就在自己身边。对每一个人来说，最能让他感觉轻松的人就是深爱自己的人，无论你是成功还是失败，她（他）都会接受你。

爱情其实很简单，只要你仔细观察，就会发现原来它就在身边。爱情不需要华丽的外表，远方的美好固然让人沉醉，但实实在在才是真爱。我们在乎的其实是爱情的内在，平平淡淡才是真。然而，在快节奏的生活下，又有多少人重视自己身边的真挚感情呢?

现在的时代感情泛滥，爱情渐渐变得功利，它早已成了快餐。很多人怀着这样的想法去寻找爱情，我们不求天长地久，但求曾经拥有。前路漫漫，将来到底会怎么样，谁也无法预料。现在我们需要做的是去珍惜，珍惜我们身边的爱。现在有多少爱情已经失去了美丽的光环，变得现实，变得世俗。

或许你会问，那这个社会还有真正的爱情吗？有！晓静与男孩的爱情就是真正的爱情。不要在自己拥有时便放肆地吮吸爱情的精华，不去浇水，不去施肥，导致爱情之花瞬息之间便黯然凋谢。这类人，只有当失去爱情以后才懂得去爱，去深爱。当爱情走远之后，才发现苦苦追求的美好爱情曾经离自己这么近，就在自己的眼前，可自己却放弃了这一份真挚的感情。

愿我们永远都不要忽略身边最爱我们的人，更不要做到最后所有爱我们的人都离我们而去的人。请珍惜身边的爱，爱就在身边，不要失去了再后悔莫及。如果你还没有谈恋爱，请留心观察，总有一天你会得到上帝的祝福，遇到你所深爱的他（她），也许现在他（她）已经出现在你身边了。

我们总是傻傻地等待爱情，却不知道原来爱情一直包围着我们。我们周围不是没有爱，只是我们没有发现，忽略了而已。世界上的爱有千万种，每个人的心底都有一座爱的火山，随时随地都有喷发的可能。只要你留意，只要你仔细观察，就会发现爱就在自己身边。只要能把握住伸手就能握住的爱，你就是幸福的人。

23.成长是人生的犒赏

孩子叛逆是令父母最厌烦的事情。倘若孩子从叛逆瞬间化为成熟，那么还容易接受，可这个过程偏偏十分漫长。难能可贵的是，孩子会在叛逆中学会成长。每个人都要学会成长，这是人生必经之路。能够把我们救出感情泥沼的人，从来不是别人，而是我们自己。我们必须学会成长。在这里，我要讲一个关于成长的故事。

当时正好是他的高中时代，他从上初中以来就一直有“问题少年”的称号，高中时代的他依然如此，没有哪一个老师不曾批评过他。但是，正处于叛逆时期的他，从不会因为老师批评而有一丝羞愧，相反，他反而还感到十分骄傲。

他总是与众不同，特立独行。那天上语文课，老师布置了一篇作文，题目是《我的同桌》。当时大部分人都叫苦连天，不知如何下笔。如果都写同桌的优点，老师会反问难道同桌就没有缺点吗？老师会说写得不全面。但是如果写缺点，这篇作文被同桌看到了肯定会发怒。这样的一篇作文让大家开始纠结起来。唯有他写得不亦乐乎，第一个上交作文。老师盯着那洋洋洒洒数千字，竟不敢相信这是他的水平。然而，他的这篇“旷世奇作”被老师打了零分。老师在课堂上批评他：“好好的一个女孩，硬被你写成了黑旋风李逵，你不是在写作文，你纯粹是人身攻击。”他不以为然，骄傲地说：“我同桌本来就自诩武功天下第一，打起来那叫一个狠啊。”自从这节课后，同桌也不再理他。同桌主动找老师，要求换座位。老师问谁愿意和他同桌，班里竟没有一个人举手。于是，他在接下来的日子里一直过着独孤求败的生活。

高中时代，大家青春懵懂，女生们总喜欢八卦一些人。有个女生私下里给他起了个外号叫“小强”，原因是他整天无所不为，他上辈子肯定是一个无恶不作的小强。当他得知此事后，他耍了一点儿小计谋，让这个女孩请了两天假。

年少时，我们耗费大把时间彷徨，却又在某几个瞬间学会了成长。在一次体育课上，他不小心从双杠上跌落，却没有一人肯伸出援助之手，他才认识到原来自己是多么孤独，多么惹人厌。他孤独地瘫坐在冰凉的地板上，仿佛一阵狂风呼啸而过，那个曾被他称为“黑旋风李逵”的同桌迅速跑了过来，毅然把他扶到医务室。少年看着同桌，翻涌的热泪从眼眶里落了下来。

他历经波折后迅速成长，在接下来的几年里，他利用自己的智慧开创了一片属于自己的天地。他始终无法忘记，自己的成长源于那个瘦弱的女孩给予自己温暖。她不计前嫌，搀扶着曾经羞辱她的自己去疗伤，是她让自己学会了感恩，逐渐成长，变得成熟起来。

我们年少时对人生的很多事情都感到好奇，因为我们觉得好玩。他以取笑别人为乐，以跟老师抬杠为乐。他不是不懂这样做是错的，只是乐意去做，喜欢去做。他需要一个契机让自己成长。体育课上的孤独，同学们对自己的淡漠，让他认清了自己，看清了现实，他早已不再是一个孩子，他该学着成长了。

我曾经看到这样一句话：青春是与七个自己相遇，一个明媚，一个忧伤，一个华丽，一个冒险，一个倔强，一个柔软，最后是成长。青春时代的他终于遇见了第七个自己，学会了成长。成长的过程总要经历几番波折，遇见几个人，才会幡然醒悟，才会认清现实，看清世事。

叛逆时期的他看到了孤单的自己，看到了形单影只的自己，看到了失落的自己，看到了挫败的自己，是她，一个被自己取笑过的同桌让他学会了面对，学会努力向上，成长为更好的自己。

季节带着不同的风景从我身边滑过，时光载着成长的脚步缓缓前行。你陪我走过的那段路，或许多年后记忆不会那么清晰，但我永远不会忘记你教会我成长，你把一个问题少年拉出了叛逆的旋涡。

我们每天都在奔波着。学校里，老师注重分数；公司里，老板注重业绩。我们总是为生活、自己、未来忙碌着，奔跑着。我们不能停滞，时间正带着我们一步一步向前走。如此循环，日复一日，我们早已不再胡思乱想，我们渐渐学会成长，懂得如何一个人去面对生活，面对现在的每一分每一秒。我们正在一点儿一点儿改变，慢慢地成长，努力让自己变得更优秀。不管结果如何，我们都会欣然接受，至少我们成长了。

希望我们成长为一棵大树，守静、向光、安然、敏感的神经末梢触着流云和微风，欣喜不已。即使我们脚下踩着卑贱的泥，但我们却十分踏实，因为每一天我们都在隐秘地成长。

什么是成长？成长就是在人生旅途中你虽然在踉踉跄跄地受伤，但是你也在跌跌撞撞地坚强。每个人都在年华里跌跌撞撞，有时候甚至遍体鳞伤，但是当我们明白以后，破茧而出，世间的一切都会焕发出新的生机与活力。

成长，是人生最大的犒赏。

24.不要怕被嘲笑，做好你自己

上周，我的微博私信里收到一个小姑娘的留言，她说自己是一名高中生，成绩不好，长得也不漂亮，平时也没有什么朋友，有时候都没有勇气活下去了。

我微笑着给这个小姑娘写回信。我一边写，一边回忆着自己曾经历的那段如黑夜般暗淡无光的日子。我在想着，是不是每一个人的心里都曾住过一个名叫“自卑”的小怪兽。我向她讲述了一个故事。

有一个女孩，她在年纪很小的时候就十分自卑。不知道什么原因，这个女孩小时候脸上长了很多雀斑。上小学时，同学们看见她就躲，给她起外号叫“花脸猫”，这让女孩意识到自己跟别人不一样。小小年纪的她就这样早早地变得自卑、孤独和无助。女孩变了，她不敢见任何人，她习惯将自己隐藏。女孩拒绝剪短头发，因为长头发可以将自己的脸盖住，这样就不至于有人议论自己的脸。走在校园里的时候，她依然能够听见有人在议论自己的脸，他们竟然用“惨不忍睹”来形容女孩。女孩照着镜子，看着镜子中的自己：特别土的发型，满脸的雀斑，牙齿也不好看，自己终究与漂亮无缘。从此，女孩开始讨厌照镜子，每天都低着头，小心翼翼生活着。

直到有一天，班里面发生的一件事打破了这种局面。那一天，班主任拿着一本杂志步入教室，那本杂志上刊登了一篇女孩写的文章，老师让同学们在班里传阅。同学们看着那篇文章，都走到女孩身边称赞她。有的同学还跑过来问女孩“我可不可以跟你做朋友”。女孩第一次看见他们对待自己真诚的目光，这目光里还夹杂着些许的歉意，女孩笑了。

自从这件事过后，女孩像变了一个人。她开始努力学习，更加勤奋地写作，让自己变得更加优秀。她不再隐藏自己，她开始举手回答问题，渐渐地学会了微笑。女孩的人缘也变得越来越好，有了很多朋友。周围的人越来越喜欢她，他们似乎忘记了女孩脸上的雀斑。那些女同学每天跟女孩分享吃什么能让皮肤更好，要用什么样的护肤品保养皮肤。她们带女孩去剪头发，去逛街。男孩们教女孩如何变得自信和坚强，他们甚至还带女孩一起去看演唱会，教女孩滑冰，玩那些刺激的游戏。

故事的结局让人惊讶。女孩踏着成长的节拍，内心的自卑感一点儿一点儿开始消失。在接下来漫长的时光里，女孩收获了更多的肯定和赞赏。最让人惊喜的是，十八岁那一年，女孩脸上的雀斑开始一点儿一点儿地变淡，最后她变成了一个清秀的女孩子。

青春如同一场远行，在这场远行中，你会慢慢地发现世界跟你想象的一点儿都不一样。在这场远行中，你可能会变得自卑，有时候你甚至会觉得孤独。而解决这个问题的办法就是不停地寻找自己热爱的一切，并且执着地坚持下去，不怕被人嘲笑，做好自己。正如故事中的女孩一样，她有让同学们羡慕的闪光点，她热爱写作，并且一直坚持不懈地写作着。她用自己的闪光点让自己变得优秀，最终收获了友情，也收获了成熟。

世间一切事物，不可能让所有人都满意，总会有人不满，所以不要怕被人嘲笑，做好自己，一切随心就好。他人的眼光，他人的态度，与你有什么相关呢？他们态度冰冷，语言讽刺，难道就因为他们这样你就不去生活了吗？

微博私信里的姑娘跟我说，自己长得不好看。颜值是很重要，可我们却可以通过自己的才能来凸显自己的颜值，增大自己的价值，结交更多的朋友。

微博私信里的姑娘说自己学习不好，那你付出了吗？如果没有尝试努力奋斗，又何来优异的学习成绩？如果你付出了却没有得到相应的结果，那就反思是不是自己的学习方法不对，还是真的不喜欢学习。总之，永远都不要放弃自己。

青春这个时间段，注定是孤独的旅程。因此，我们面对失败时不要气馁，失败让我们看到了自己的不足，从而让我们变得更好。面对讥笑，不要放弃自己的梦想，而要不断坚持、执着下去。一击就碎的梦想不是梦想，一击就碎的人也不配拥有梦想。

每个人都有自己应该走的道路，因为他人的一点儿嘲笑就放弃自己要走的路吗？绝不！不要怕被别人嘲笑，你有能力做得更好。用自己的能力打造完美的自我，你的行动最终会感化他人，收获你想要的一切成果。

自卑又有何惧，被人嘲笑又有什么？别人的眼光不重要，自己的行动才最重要。我们只有真正踏出心灵的监狱才能勇敢地走下去，去看外面的精彩世界。

青春是一场远行，去哪儿并不重要。当我们找到了自己所热爱的东西，千万不要放弃，哪怕自身有被人嘲笑的缺点。因为无论我们做什么事情，总会有一些人不喜欢，总会有一些人在背后嘲笑我们。不要怕被人嘲笑，做好你自己。

25.丰富自己胜过取悦他人

清脆的鸟鸣穿透了早晨的薄雾，枕边读了一半的书还停留在昨日的那一页。就在如此百无聊赖的时刻，我收到了一个女孩从远方发来的微信。那条信息很长，我至今记忆犹新。

犹记得，女孩在微信的开头用了一连串的问句质问我。她问我，是否对现在的生活满意？是否怀念过去的生活？现在的自己和之前的自己相比又有什么不同，又有什么进步？望着这一连串问句，我想女孩可能是陷入感情的旋涡了。

我接着往下读，才明白女孩之所以问我那三个问题的原因。女孩现在已经二十岁了，十七岁那年，正好是她高考那年，她陷入了一场无法自拔的恋爱。如今二十岁的她看透了许多，现在她十分热爱自己的生活。现在她不再为了取悦他人而前进或后退，现在她正做着自己喜欢做的事——画画。原来，发出这条微信的她是在与我一起分享她的故事。

女孩说自己的十七岁简单而又苍白，如果必须用几个词语来概括，女孩认为是不及格、梦想、暗恋。

十七岁那年，女孩的文科成绩特别好，全校第一，偏偏数学成绩总是在及格分以下。因此，女孩总是为了提高数学成绩而焦头烂额。心烦之时，跑去看校草K成了她的乐趣。女孩自知貌不出众，于是就想另辟蹊径来赢得校草K对自己关注。女孩画了一幅又一幅的画，投稿给不同的美编，希望某一天自己可以拿着印有自己名字的作品去找他。这样，一定会使校草K对自己的好感度升高。

那时候，女孩和自己的朋友一起住在学校外面的出租屋里，那是女孩学习生涯中最重要的一年，因为面临着高考。每天晚上，女孩和朋友要学到很晚，每当坚持不下去的时候，她们就一边写作业一边讨论校草K。眼看着高考倒计时从三位数变成了两位数，校草K身上的外套早已换成了短袖，桌子上的试卷堆得如小山丘一般，邮箱里的退稿信也累积了一摞。她们加快了复习的步伐。

随着时间流逝，在离高考还有半个月的时候，校草K的生日来临了。那一天，女孩拉着朋友逛完了所有的精品店都没有找到合适的礼物。精品店老板推荐的沙漏过于简单，玩偶又有些幼稚，日记本又过于俗气。最终女孩什么也没买，她决定写一封信送给校草K。信中是这样写的："无论何时你都要努力奔跑，我相信，你会遇到倾盆大雨过后瑰丽的彩虹，你也可能会与命运握手言和，你一定会遇到懂你的人，生日快乐！请相信，即使太阳尚远，但是必有太阳。"看着女孩给男孩写的信，的确十分励志。我一直以为女孩会借此表白，然而信中却只字未提。

K生日的那天早上，女孩在公交车上反反复复练习了很多遍见到K以后应该说的话。然而故事的结局却是，那封信始终没有送出去。当女孩走到K的教室时，得到的消息却是K去国外留学了。女孩的梦想接二连三地破灭，最终女孩硬着头皮参加了高考，取得了很理想的成绩。自从K走后，女孩的画作得到了美编肯定，为她出版了一本画集。二十岁的她十分热爱现在的生活，做自己喜欢做的事情，再也不需要为取悦他人而生活。

倾听完女孩的故事，我很欣赏这个抗打击能力超强的女孩。数学成绩不理想没有打倒女孩，K的离去最终也没有影响女孩，美编一次又一次地退稿没有让女孩放弃梦想。女孩的青春犹如在黑夜里踽踽独行，她逐渐摆脱希望落空后的郁闷，逐渐明白自己所做的一切并非是为了取悦他人。

校草K成了女孩人生中的一个过客，成了陈年旧事里一个模糊的点。

青春最让人欣喜的是，它永远眷顾那些不肯轻易说放弃的人。

故事的结局是女孩取得了理想的高考成绩，出版了自己的画集，释怀了对K的暗恋。

我轻触回复键，笑着回复女孩："一切随心，做自己喜欢的事，热爱自己现在的生活，一切的一切并非是为了取悦他人而前进或后退，加油！成长都是由内而外，要静悄悄地拔尖，惊艳所有人。"

愿每一个在学海中挣扎的少年都能拥抱内心深处最遥远的梦想，愿你们的青春掷地有声。

青春如火，燃烧我们年轻的梦想；青春如灯，照亮我们的豆蔻年华；青春如路，指引我们从青涩走向成熟。

青春的路上出现了太多我们无法预料的事情，那时的我们犹如迷路的孩子，再也找不到回家的路。但是，我们无法忽略那满腔的青春热血，它正在我们身体中流淌。不过，叛逆的力量也正初露锋芒，它正在等待一个时机，在沉默中爆发。

青春时代的我们，叛逆、标新立异，“个性”“情窦初开”是我们的代名词。我们渴望成长，渴望获得认可。我们想要挣脱人生的种种束缚，但最后却发现羽翼尚未丰满。

青春时代的我们有满满的激情与朝气，希望自己可以独当一面。然而，我们又不得不向现实低头，因为能力不足的我们无法释放满腔热血。于是，我们徘徊在梦想与堕落的边缘，不知路在何方。殊不知，青春只是为了丰富自己、充实自己而已。

青春，一个让人憧憬的词汇，被赋予了太多的浪漫与希望。愿旅程中，我们能够丰富自己，不负青春。

26.人生也需要等待

几日前，一个上大三的女孩问我：“哥，有些事，我死磕到底对不对？”对于这样一个视情况而定的问题，我不知道应该如何下手。如果你认为值得，那就死磕到底吧，不必害怕。如果你认为值得，那就坚持下去，我们可以坦然面对失败，因为我们还年轻。

记忆回到暑假，我想起了那个在迷茫时找我聊天的十九岁女孩。女孩是博物馆保管员，每天按部就班工作。早晨，她来到仓库查看温度和湿度是否适宜，最忙的时候是各个博物馆之间的展出交流会，她会仔细记录借入和借出的馆藏物品。闲暇时，女孩就研究一下文物。

工作压力大，每天工作内容都一样，整天与这些藏品为伴，这对于十九岁的女孩来说，哪里受得了。然而，她却偏偏扛了下来。当初有人劝她换一个工作，女孩却说，即使自己换工作，也依然是在这个行业里打拼。难道这就是所谓的“干一行爱一行”？

记得女孩跟我说：“我们如果看一幅清代的画，不能孤立地去看它，要把它放在整个绘画史中去研究，因为这幅画必然有承前启后的内容。”那时，我看到了她认真的态度。作为年轻人，在这一行很难年少有成，但这个女孩却做好了与时间死磕的准备。

社会瞬息万变，我们总是认为有些事只要一付出就会有结果，殊不知任何一件事的成功都需要经过时间考验，只是考验时间长短的问题。

拿那个在博物馆工作的女孩来说，背诵瓷器图案是一件费心的事情，有时候需要对着书上的图案画几十遍，还需要记住每个朝代的瓷器特点。就这样，经过日复一日重复枯燥的学习，几年后，一件文物拿到女孩手里，她凭手感就能判断真假，甚至知道这件文物是从哪里出土的。

成功怎么可能一蹴而就，我们看不到自己的努力进度，只有不断努力，与时间死磕到底，才能在最后那一刻知道结果。

有些人读书，总是计算离考上理想的大学还需要多久；关心一个人，总是想着离自己关心的这个人喜欢自己还需要多久；练习画画，总是想着离站在领奖台上宣布自己是新一届的画家还需要多久；写作投稿，总是想着杂志上一篇佳作的作者是自己。还没努力，却想着功成名就，这是现代人的通病。世事无法预料，没有付出辛苦之前，谁也不知道结果。只有不断地努力，然后等待许久，才会看到胜利的曙光。

所以，我们不要着急让生活给予自己答案。如果事情可以轻易完成，那么世界上将很少有人去坚持，去执着。有时候，我们需要与时间死磕到底，我们需要拿出耐心等一等。

给自己一点儿耐心，学着等一等。即使你向空旷的山谷喊话，你也需要等一会儿才能听见那绵长的回音。所以人生不是付出了就会马上有回报。也就是说，生活总会给你答案，但不会立刻把一切告诉你，你要不停地向前奔跑。

然而，有些人总是因为看不到人生的进度条，努力到半途就放弃了，还很骄傲地说："不是我不努力，我努力过了，只是没成功。"我想说，努力一阵子就放弃这就是你所谓的"努力"？这就是你眼中的"执着"？你不是努力过了，你只是没有看到努力的进度条，你不是没有成功，因为你还没有跑完全程。

人都有因为心情浮躁而倍感迷茫的时候，总是喜欢纠结自己付出了太多却看不见一丁点儿曙光。有些人将失败的原因归于"我真笨""我运气太差""我不适合这条路""世界不公平"等原因，殊不知真正的失败原因是因为自己半途而废。

每个人都希望自己最好的年纪恰好是自己最风光的时候，然而真正能做到的人屈指可数，往往都是事与愿违。其实，认真想一想就不难明白，世界凭什么要优待我们呢？年轻的我们，大多数人都无法独立，需要父母接济。我们还不曾踏入社会，没走过多少地方，没见过多少世面，没经历过大风大浪。我们经验有限，我们能力不足。我们想得太多，有千万个梦想，但梦想一直在随着时间而变化。难道就因为这样，世界就要优待我们吗？

年轻的我们不用害怕，正因为年轻，我们才可以坦然接受失败。我们不怕摔得头破血流，也不怕一切从头再来，毕竟时间很长很长，成功需要等待。

我们无法在最好的年纪活得最风光，但却有很多时间等待荣耀加身。努力吧，一切都是值得的。

27.爱是从缺到整

很多人都说我们的爱太年轻，经不住时间和距离考验，其实年轻的是你，并不是爱。老一辈的人修修补补过一生，现在的年轻人在爱情里碰到了问题，首先想到的是逃避。

瑶瑶大学毕业后就去了大生所在的城市。瑶瑶和大生是网友，两人从瑶瑶上大二开始相恋，现在已经相识九年，在一起两年了。他们见过双方父母，算是水到渠成，瑶瑶搬去北京之后两人才算结束了多年的辛苦异地恋。

生活中的矛盾往往都是住在一起之后才会产生。大生比瑶瑶大七岁，瑶瑶爱的是大生的成熟稳重和无微不至的关怀照顾。大生想的、做的都比瑶瑶实际很多，瑶瑶有时候受不了大生的行事作风，但是大生事事都为瑶瑶考虑。然而，大生考虑的事情在瑶瑶看来都为时过早，什么人情世故、做事风度，瑶瑶一概不管。瑶瑶觉得自己还年轻，不想学老成那一套，不需要提前准备养老。

有一次大生因为工作喝酒应酬没有回家，瑶瑶给大生的同事打电话才得知他喝酒的事情。大生之前答应过瑶瑶不会在外面喝醉酒，瑶瑶很生气，准备出门去接大生，没想到大生被公司的一个女同事送回来了。瑶瑶觉得大生变了，不再是当初的大生。

这件事发生后，瑶瑶觉得整个世界都变了样，连夜收拾行李回到自己的城市，留下醉酒的大生独自在北京的房子里。后来大生打了很多电话给她，瑶瑶都没有接。从此之后，瑶瑶和大生基本没有任何联系了。瑶瑶觉得他们的爱太年轻，经不住社会考验，不如就此分开。当初瑶瑶爱的是大生的成熟稳重，离开大生是因为他的世俗应酬。

在我看来，这是一个极其简单的事。瑶瑶完全可以等大生醒过来，告诉她发生了什么事。瑶瑶什么都没有问清楚就定了大生死罪，在瑶瑶心里，她渴望的还是浪漫如校园般的爱情，她认为爱情经受不住生活的打磨，已经变质。她承受不了来得太快的现实生活，恋人的生活习惯也让她不适应，这和她心里的理想恋人差距太远。

他们没有输在时间和距离上，而是输在对彼此错误的认知里，输在瑶瑶太年轻而大生已经历经世俗。他们不是爱得不够，而是爱得太纯粹，只看到对方完美的样子，接受不了彼此的缺点。

我看过一篇文章，在文章中，一个作家娶了一个美女明星，两人爱得死去活来，后来两人分开，作家在文章中说："美人便秘与常人无异。"他喜欢最完美的她，却接受不了她寻常的样子，他爱的不过是他心里的完美主义。

我哥们儿的爷爷奶奶是我见过的最恩爱的伴侣，两人已是古稀之年，出门依然手牵着手，爷爷爱奶奶的温柔贤淑，奶奶爱爷爷的细心照顾。他们相互扶持，至今恩爱，是被人羡慕的对象。最好的爱情不是恋人的状态有多完美，而是相互包容所有的不完美。接受你的优点，也愿意去磨合你的缺点，最后爱上你这个完整的人。可能一开始他只是爱你的一头乌发，最后沉沦在你整个人里。

大生后来请假来到瑶瑶家，得到的消息是瑶瑶去旅行了，大生决定辞掉工作去找瑶瑶。大生是爱瑶瑶的，从瑶瑶的少女时代爱到步入社会。我不知道大生能不能追回瑶瑶，但是我想祝福他，他能勇敢面对爱情中的矛盾并且努力去解决这个矛盾，在这一点上，我很佩服。人生没有几个九年，更没有后悔药。

有人说爱不需要理由，其实大错特错。爱需要理由，你会因为她的相貌爱上她，你会因为她的才华爱上她，你会因为她的性格爱上她，你不会无缘无故去爱一个人，就像不会莫须有地去恨一个人一样。

很多人会问你为什么爱他，你一定会答我也不知道，就这么爱了。世界上没有无缘无故的爱，你只是忘记了他最初的模样，忘了你心动的瞬间。很多人不敢承认因为相貌去爱一个人，觉得那样很肤浅，但如果把相貌放在优点里面，相貌只是人的一个正常特质，是像善良、温柔一样的标签，是不是大家都会勇敢承认。百分之八十的人会在意恋人的相貌，爱上一个人的相貌不肤浅，爱上相貌却不敢承认才肤浅。

你愿意去爱一个人，一定是她某些方面吸引了你，也许是举手投足间的潇洒，或者是言谈举止间的教养，再或者是为人处世的态度。他表现出来的必定是自己最满意的模样，可能是不经意间，也可能是刻意为之。不管是他哪一方面的优秀吸引了你，但都是你们感情开始的基础。不管是一见钟情还是日久生情，都有一个最初爱的理由。

我朋友扬子最近在轰轰烈烈追求一个女生，因为这个女生在会议上认真专注的样子吸引了扬子的注意，他觉得拥有认真眼神的女孩一定值得喜欢。他并不了解她，但就凭这一点他认定了她的为人。我不敢说这样的行为是否太过草率，但我鼓励这样的行为，因为它遵从内心的想法。你第一眼只能看见一个人的某一种品质，当你完全了解这个人时，你还是那么爱她，你的爱才是真正有价值的。

爱一个人，不管是将来还是现在都要包容，不是遇见困难就放弃，不是遇见新欢就转移，也不是看见对方缺点就嫌弃，而是从一而终、始终如一。每个人都有缺陷，你有缺陷，你爱的人也有，你周围的人也一定有，世上没有完美的人，更没有完美的爱情。秉持一颗善心去包容你的爱人，他（她）虽不完美，却能一心一意对你。世界上没有完全契合的两个人，既然相爱就放下挑剔的心，回到现实，慢慢磨合对方爱情里的棱角，总有一天，他（她）会为你安抚生活的不安。

爱是从一到十、从缺到整的过程，不能跳过缺点直奔优点，不能挑挑拣拣。遇见合适的人就勇往直前，遇见不合心意的人就早早远离，总有那么一个人，他（她）的爱会让你无所不能。

28.还没开始，就有了结局

生命中最美好的时刻往往只有一小部分时间，还没有享受美好，美好就已经结束了。还未开始，就有了结局。

上周一个女孩给我寄了一个快递，我拆开来看，里边是一封信。信的内容言辞犀利，她一直质问我，为什么有些事还没开始就结束了。她跟我说，她还未曾表白，男孩就跟其他女孩恋爱了。恋爱是她生活中最美好的部分，让她永世难忘，然而恋爱还没有开始，就被告知了结局。

不知为何，看了女孩的信我脑海中闪现出“命中注定”四个字。有些人我们必定不能拥有，又何苦陷入挣扎。还好，一切都不曾开始，从最初的状态就遏止了女孩对男孩的疯狂爱恋，否则当男孩拒绝女孩告白的时候，女孩将会更痛苦。喜欢一个人是人生中最美好的回忆，这就足够了，至少在某个阶段我曾喜欢过一个人。

我向女孩讲述了一个跟她一样曾处在迷茫边缘的人的故事。

故事的主人公名叫肖雅。男孩苏橙总是带着肖雅做一些疯狂的事情，比如吸烟、喝酒、打架、飙车。于是，肖雅的父亲给肖雅办理了转学手续，肖雅转到了圣林高中。当她刚刚进入班级的刹那，老师问："谁愿意和肖雅同学做同桌？"由于大家都知道她不学无术，没有一个人举手。就在如此尴尬的场景下，男孩陈晨举起了手："老师，让她跟我坐一起吧。"就这样，他们成了同桌，肖雅十分感激陈晨。

转学的第二天，肖雅迟到了，原因是为了救一只在死亡边缘挣扎的猫。肖雅抱着猫走进了教室，想问问同学附近的宠物医院在哪里，同学们却十分嫌弃地看着她，只有陈晨说："我带你过去。"

肖雅十七岁生日那天，好友苏橙给肖雅打电话让肖雅出去玩儿，肖雅一如往常翻墙跳了出去。他们来到一家咖啡馆，苏橙把咖啡馆包了，只是为了给肖雅办生日聚会。肖雅以前学校的那些朋友还是和之前一样，都在各玩各的，似乎都忘记了肖雅的生日。当生日蛋糕被服务员推出来的瞬间，大家才瞬间明白此行的目的。就在肖雅切生日蛋糕的时候，一个女孩冲出来挑衅地看着她，“苏橙在和我谈恋爱，你知道吗？”这事放在之前，肖雅肯定会跟女孩打一架，谁知肖雅竟说了一句：“让给你了。”众人以为的打架场面没有上演，都意兴阑珊。苏橙特别生气，将手中的酒杯扔到不远处的钢琴上，命令钢琴师停下来。

肖雅冲苏橙发怒：“你干什么，胡乱对无关的人发脾气，很有趣吗？”

苏橙挑衅地看着肖雅，对钢琴师说换一首。然而，钢琴上落满了细碎的玻璃碴，手指落上去会刺出血来，钢琴师却面不改色，继续弹了下去。肖雅拽住钢琴师的手腕，“别弹了”，钢琴师抬头，肖雅没想到竟然是陈晨，肖雅拉着他就走了。

因为肖雅偷偷跑出校园，被父亲关了禁闭，肖雅向老师请了病假，只能在家里画画。第二天，陈晨给她送过去听课笔记和试卷。肖雅请陈晨给自己补习功课，突然几个小石子从窗外砸了过来。苏橙的小跟班告诉肖雅，苏橙的腿摔伤了。肖雅本来不想管他，但又于心不忍，只好让陈晨留在这儿给自己打掩护，就当在给自己补习功课。

肖雅偷偷溜了出去，没想到苏橙的腿上只是擦破了一层皮。肖雅扭头就走，去了一家医院看望一个妇女。这个妇女是苏橙和他的几个哥们儿在路上飙车时不小心撞上的人。当初，苏橙只是漫不经心地说多给她一些钱就好。像苏橙这类人，内心很冷漠。肖雅陪在病床前，看着一直躺在那里的妇人，肖雅默默地跟她说话，她回想着医生说的“她很有可能成为植物人”，不停地流着泪道歉，祈祷她赶快好起来。

肖雅回家后，看到正在熟睡的陈晨，便拿起画板把他熟睡的样子画了下来。陈晨被惊醒了，肖雅说：“别动，你现在是我的模特。”

每次期中考试前，学校都会组织学生拉练。有一天上课前，肖雅用可怜的目光看着陈晨，希望拉练的时候陈晨可以照顾自己，陈晨答应了。拉练途中，肖雅走得极慢，像她这种千金大小姐什么时候吃过这种苦。陈晨一直在拖着她往前走。漫长的路上，只剩下了他们两个孤单的身影。陈晨为了赶上同学们，只好背着她前行。

期中考试过后，大家都在讨论着考试成绩。陈晨从全年级前五名下跌到五十名，肖雅了解情况后才知道，做物理试卷时陈晨居然睡着了。肖雅问陈晨，才知道是他打工太累了。肖雅跟他商量，让他来做自己的家庭教师，陈晨以在学校也可以帮助她补课为由拒绝了。肖雅不是那种知难而退的人，在肖雅不停地劝说下，陈晨最终答应了。

私下里，苏橙得知肖雅跟陈晨走得非常近，十分生气，就去找肖雅，告诉她那个病房里躺着的妇女是陈晨的母亲，他们两个永远都不可能。肖雅一直在想，如果那天她不在车上，如果那天她阻止苏橙飙车，事情是不是就不会发生。肖雅走入病房看望陈晨的妈妈，对她说："我很喜欢他，但是我想我已经没有资格喜欢他了。"

肖雅约陈晨去游乐场，他们一起去抓金鱼，结束后肖雅又打算去玩摩天轮，肖雅对陈晨说："等一下"，然后温柔地帮他擦去了溅到脸上的水珠。

"我们去玩摩天轮吧！"肖雅说。

看着如此天真的肖雅，陈晨忍不住了："肖雅，你到底是怎样的人？"

"你都知道了，苏橙跟你说的吧！"肖雅回应说。

陈晨点点头。

"陈晨，我喜欢你。"肖雅大声地说。

陈晨沉默了一会儿，说：“再见，肖雅”，然后头也不回地走了。

两年后，陈晨的母亲醒了过来，她对陈晨说，她昏迷的时候一直有个女孩在跟她说话。陈晨知道，这个女孩就是肖雅。

许多年后，陈晨已经在事业上大有作为，他陪客户参加画展时看到了一幅画，画中画的是熟睡的他。看着这个名为《星夜恋人》的画，陈晨默默地说着：“肖雅，我也喜欢你。”只是这句话，他只能从心里说出来。

肖雅与陈晨之间注定不可能。陈晨永远不会忘记藏在内心的痛，自己的母亲曾挣扎在死亡边缘，而这一切都与他心中曾经喜欢的女孩有关。同样，肖雅也永远不会忘记自己喜欢的男孩，因为自己年少无知的行为，她已经没有资格跟他在一起了。但是，他们知道，他们的那颗心曾经因为某一个人跳动过，这就够了。

有些事情并不是我们想象的那样简单，它很复杂，需要考虑诸多因素。我想通过这个故事解开女孩的心结：有些人，我们不一定要拥有，只要我们在乎的人幸福就好。尽管没有开始恋爱，但却是我们内心的一份悸动，这美好的回忆，我们难以磨灭。

29.请珍惜温柔而有教养的人

在微博私信里，我收到一个女孩的留言，她说自己是一名上大三的学生，曾经遇到了一个温柔而有教养的女人，但是自己却没有好好珍惜。她对她很好，她却没有好好回报，应该怎么办?

我听了以后有些迷惑，她这才将自己的故事娓娓道来。

一年前，她去一户人家做家教。女主人是一家公司的经理，但是她面对一个上大二的学生却不像她的职位般高高在上，她始终以补课的小男孩的妈妈身份跟女孩交流，非常温和。闲暇时，女主人喜欢收拾一些花草。每次女孩上完课要离开时，只要她在家，都会亲自送女孩。

一个春天的下午，女孩正要进屋里给孩子补课，她看见女主人在庭院中修剪花草，女主人脸上、衣服上沾上了泥巴，显得有些不好意思，她对女孩笑了笑，彼此相视一笑。女孩进屋后就给小男孩补习功课。有时候，女孩也想偷懒，就给小男孩发了两张试卷，让他做完，做完试卷后，女孩再给他讲解试卷。

小男孩很生气："你总是让我做题，我自己的作业还没有做完呢。"

女孩拿起手机吓唬他："那我给你妈妈打电话。"

小男孩更加生气了："你不是让我做试卷吗，我就全部做错给你看。"

女孩冷冷地一笑："等我讲完后，你就把所有的错题抄写十遍。"

这件事一直留在女孩的记忆里，无法忘记。后来，女孩因为考研，辞去了家教工作。

女孩不曾忘记，自己第一天家教上班，女主人送了女孩一盆小西红柿和一盆兰花，而且还教女孩认识了几种花，教女孩如何种植一种花。一个事业上的精英如此对待一个上大二的学生，这让女孩感觉很温暖。

最令女孩无地自容的是，在一个温柔而有教养的人面前，自己却没有把握机会好好回报人家。在女孩心里，最难忘记的是女主人的温柔和教养，最令自己无法释怀的是她没有认真地教女主人的孩子，没有尽到自己的职责。

既然知错了，认识到错误了，那么一切都还不晚，总有弥补的机会。

首先，女主人喜欢花，女主人教她如何养花，还送了她两盆花。最好的回报是细心和真诚，女孩只要悉心照料女主人送她的几盆花，就是对女主人最好的报答。女孩可以每天将花的长势通过微信发给女主人，有关花的问题，不懂的地方问一下女主人，女主人自然会明白女孩正在悉心照料她送给女孩的礼物。

其次，自己身为一名家教而没有责任意识，总把过错推卸到小男孩身上。虽然家教方式不对，但女孩却不从自己身上找原因，甚至有时还威胁小男孩。为了草草了事，她只是让小男孩做自己给他发的试卷，却没照顾到小男孩的感受。他有自己的作业，女孩不能把他做作业的时间占用了。身为一名大学生，有时候也需要放松。女孩可以利用闲暇时间去小男孩家，陪他聊聊天，做做游戏，消除他内心中对自己的敌意。

最后，既然曾经身为小男孩的家教老师，以前没有尽好职责，那么以后小男孩作业上的难题，就需要女孩帮助他解决。另外，女孩要教他预习新的知识。

既然自己后悔了，既然留有遗憾，那就从现在开始弥补，无论结果怎样，至少付出了。

温柔而有教养是一个人的高贵品质，是由自身素质所决定的。一个有教养的人不会因为你身无分文而嫌弃你，也不会因为你是一个贫穷的大学生就看不起你。所以，如果你遇见了一个温柔而有教养的人，请珍惜吧。

世界上，有多少人出身高贵却跌落云端，有多少人出身贫寒却出人头地。这句话的重点在于人的品质，可见品质对人的重要性。出身并不重要，重要的是这个人温柔而有教养，这才能影响人生。

对温柔而有教养的人，我们不能充耳不闻，又岂能不予以回报？珍惜温柔而有教养的人是在追求一种阳光的人生境界，珍惜温柔而有教养的人是在提高自己，提升自己的品格。

如果你是一个苦恼的人，遇见了一个温柔而有教养的人，应该懂得珍惜。珍惜他们，能让我们看到生活乐趣，驱散人生烦恼。

如果你是一个郁郁不得志的人，遇见了一个温柔而有教养的人，要学会珍惜。珍惜他们，会让自己走出迷茫，重新振作，从此不再彷徨。

如果你是一个被生活压得喘不过气的人，遇见了一个温柔而有教养的人，更应该学会珍惜。因为看见他们，会让你身心放松，暂时卸下生活带给你的重负。

我们要珍惜所拥有的一切，珍惜所遇见的一切。有时候，我们拥有某种东西的时候浑然不觉，而一旦失去才知道它的宝贵。一旦失去，才知道原来那个人对我这么好；一旦失去，才明白我还没有回报那个人对我的好。所以，请珍惜你所拥有的一切，活在感恩的世界里，因为幸福就驻扎在一颗常常感恩的心里。

我们要学会冷静地审视自己，用尽全力珍惜温柔而有教养的人。

30.边恐惧边成长

对于恐惧，每个人都有感受。可贵的是，有些人在恐惧面前选择直面恐惧，从而学会了成长。几天前一个女孩跟我说，人生道路上有许多恐惧，为什么有的人能够克服恐惧，而自己永远都不能克服呢？听完她的倾诉，我跟她说："人生就是这样，边恐惧，边成长。"

其实，恐惧是我们想象出来的，它只是一种幻觉。当我们遇到从来都没有做过的事情，我们就会不自觉地编造出未来将会发生恐惧的故事，我们脑海中想的都是我们编造的故事。在回想故事的过程中，我们开始变得恐惧，变得害怕。其实，这一切都是虚幻的。这种恐惧来源于我们曾经看到过的可怕故事，来源于我们想象的未来所要面对的害怕故事。恐惧来源于过去和未来，而我们在恐惧的过程中却忽视了当下。我们应该认真地活在当下，把握现在，活在当下会给我们带来更多的安全感。

记得当时我让女孩想象自己正在面对恐惧的画面，让她把恐惧想象成假设要经历的一次拓展训练，自己需要从一个四处悬空三十米高的台子向前跳跃，并且需要抓住台子前方的一个铁环。不要害怕，有保险绳在保护你。你内心里是不是有两个你在争斗，一个你在说，不要跳，这么高，要是跳下去会摔死；而另一个你在说，没事，跳吧，有保险绳保护自己。此时的你正处在恐惧边缘，你在徘徊，你在小台子上会磨蹭许久，然而一切都容不得你犹豫。那时，教练会冲你喊“你跳啊”，你可能会对教练说出你的恐惧，但是请你放心，教练是不会容忍你放弃的，他会对你说：“谁告诉你如果害怕就不用跳台了，你一边害怕一边跳。”此时，你会在教练的激励下闭上眼睛，奋力跃出，跳下去的时刻你就成功了。所以不要恐惧，这些事是你必须去做的。

在你实施每一项行动时，倘若你受到外界干扰，就学着采用这个办法吧。恐惧就恐惧吧，一边恐惧，一边做自己该做的事情和必须做的事情，边恐惧，边成长。

第一次独自登台表演喜剧的人，脑子里全是台词，在后台等着上场时紧张得一次一次去厕所，然后恐惧地登上讲台，一边恐惧一边表演，去应付演出之前的紧张状态。试想，如果第一次登台表演，他因为恐惧而放弃机会，那么接下来他永远都不可能做好任何一件事。所以不必害怕，边害怕边成长。

人生旅程中，我们必须认识到生活瞬息万变。生活就是变化，我们必须适应生活中的变化。有时候我们会恐惧变化，可是如果因为恐惧而放弃，我们就永远看不到变化之后的精彩。生活中充满变化，变化却又是生活很重要的一部分。面对变化，我们必须接受，恐惧着去接受变化，恐惧着去改变，边恐惧，边成长。

有些人说，生活中既然充满变化，那我一直保持现在的状态，永远不变。你错了！就算你不变，生活也会逼迫你去改变，正如跳台一样，不是你不想跳就能不跳。教练不会允许你不跳，他一定会想方设法激励你让你跳台。同样，如果你拒绝接受生活中的变化，你也并不是在保持不变，而是在失去自己的将来，你在用自己的将来作赌注，而这盘赌局很明显，如果你不与时俱进，那么你将失去自己的未来。

如果你不学着直面恐惧，那么恐惧将会成为你生活的主导者，你的生活将会被恐惧支配，它将会支配你的精神和肉体，阻碍你实现自己的梦想，阻碍你在生活中继续前进。

世界上每个人都有恐惧心，但不同的是有些人愿意去解决恐惧，直面恐惧，最终超越它，战胜它，取得成功。

因此，当我们面对恐惧时，要直面它，应该勇敢地去做那些让我们恐惧的事情。我们尝试在恐惧中迈出一小步，用行动去战胜恐惧。行动会带给我们勇气，恐惧一定会过去。

打开心灵的大门，行动起来，直面恐惧。

人类与生俱来就喜欢寻找规律，然后遵循规律办事。当我们去做一件自己从来没有做过的事情时，大脑就会在身体里释放肾上腺素，我们的手就会出汗，会感到恐惧和紧张。有些人因为这种感觉，放弃了前进，放弃了成功的机会。由于产生这种感觉，有些人放弃了去学习一门外语，本来可以成为一名理想翻译，但现在却错失了良机；由于产生这种感觉，有些人放弃了做生意的机会，让成为老板的梦想刹那破灭；由于产生这种感觉，有些人放弃了给心仪的女孩打电话，本来可以和心仪的女孩在一起，却在不知不觉中将心仪的她推给了别人。

生活瞬息万变，充满美好与冒险。请学会直面恐惧，在恐惧中学会成长。

31.重整旗鼓

“重整旗鼓，立刻讨回”，这句话代表着命运的重写。我很赞同失败了重整旗鼓的态度，很赞同受到打击不言放弃的精神。

今天之所以提到“重整旗鼓”一词，是源于一个女粉丝之前给我微博发的私信，她跟我说：“哥，我不会被打倒，我要重整旗鼓。”看到对话框里“重整旗鼓”这四个字时，我欣慰地笑了。

是呀，无论我们过去经历了什么，无论我们正在遭遇什么，至少我们选择了直面，我们从落魄中站起来重整旗鼓，保持一如既往的热忱，继续保持微笑，就像从未受伤过一样。

犹记得女粉丝因为大学里第一次学生会竞选失败，因而失落的她觉得自己做什么都不行，做什么都不会被人认可，做什么都会失败。她们班级里的第二次竞选是班委竞选，当时我一直努力劝她，让她上去试一试，说不定就成功了呢。但她还没有从学生会竞选失败的经历中走出来，最终她没有站上讲台，因为她害怕失败。我们聊天的次数渐渐地少了。最近居然收到她发来的私信，我很开心，尤其是“重整旗鼓”四个字，我尤为喜欢。

难道就因为大学时代里的一次失败就放弃所有吗？举个例子来说，大学里一次社团会长的竞选，由于自己没有做好充分的准备，在讲台上“停电”三分钟，说不出话来，因此会长没有选上。难道就因为社团会长竞选以失败告终，你就甘心放弃所有的竞选吗？

失败并不可怕，可怕的是你直接选择放弃，导致最后留下了遗憾。我想，遗憾比失败更加让人难以忘怀。失败并不可怕，如果你在社团会长竞选中失败了，那么你就想方设法去弥补。这在你看来是很丢脸的一件事，那就去挽回脸面。你可以在其他方面进行出彩的表现，改变大家对你的看法。你是因为在演讲中“停电”三分钟而感觉丢脸的，这说明你还是放不开。你需要彻底放开，锻炼武装自己。你需要主动站在讲台上去表演，改变大家对你的印象。大家必定会看到你的改变，会为你喝彩。

这个世界需要我们自己来主导自己的人生。我们的人生并没有掌握在嘲笑自己的人手中，我们的人生恰恰掌握在能够经受嘲笑与批评并不断往前走的自己手中。所以，我们需要重整旗鼓，直面失败。当我们面对失败和挫折时，一笑而过，这是自信；我们重整旗鼓，这是勇气。

失败并不可怕，重要的是不放弃，坚持下去，学着去弥补，学着去挽回。丢脸并不可怕，重要的是重整旗鼓，挽回自己的脸面。我们不能让痛苦的回忆永远跟着我们，不能让同学记住我们难堪的一面。我们必须丢下痛苦回忆的包袱，必须摆脱自己难堪的一面。

对于公司的经理来说，由于今天工作不仔细，让公司的利润有所减少，那么明天工作就要更加仔细，认真审阅合同，让公司的利润最大化。对于记者来说，由于今天自己的疏忽，漏掉了一则大新闻，那么明天就要写一则更大的独家报道讨回颜面。这就是重整旗鼓，永远都不受打击的任何影响。

重整旗鼓是一种信念，这种信念养成一种斗志，而斗志化为工作动力，工作动力搭配执行力与决心，让你变得更加优秀。

当我们经历了一次失败时，立刻讨回来，重整旗鼓。这绝对不是以牙还牙，因为我们并非是要将对手打败，而是让自己学会直面失败。

“立刻讨回，重整旗鼓”，这其实是一种态度。当我们付诸行动时，也许并不能马上讨回来，也不一定能因为一件事情而反败为胜，不一定能迅速通过另一件事情的成功来掩盖我们曾经的失败，但这个过程很重要，因为至少我们选择了去弥补，去挽回。我们没有放弃，我们端正态度，直面失败。我们有正面迎战的勇气，这就足够了。

当我们决定主动出击那一刻，我们就已经开始改变，开始重整旗鼓了。我们不再是受挫折控制的倒霉鬼，我们开始迎战，主动出击。

重整旗鼓，或许不能立即做出丰功伟绩，但至少我们告别了挫折与悲情。如果我们沉浸在失败中，那么挫折、倒霉将会一直蔓延。如果我们不重整旗鼓，不立刻讨回来，那我们就会变成挫折连续病，而医治挫折的方法就是学会直面挫折，重整旗鼓。

失败并不重要，重要的是我们要重整旗鼓，直面失败，让自己的人生不留有遗憾。

32.既然分手，何必再见

谈恋爱没有错，失败了也未必就是谁的错。分手的理由千千万万，都逃不过一句“不爱了”。爱就在一起，不爱就分开，多么简单理性的恋爱法则。

宁洁今年二十岁，她曾在我的粉丝群里发起了一个投票：分手了，你还会和前任见面吗？

这个问题如同一个炸弹，粉丝群顿时热闹起来。在系统自动统计的投票结果中，还会和前任见面的粉丝不到30%，70%以上的粉丝都表示不会再见前任。对于前任，少数人有强烈的“再见”情结，大多数人比较理智，只会想念但不会再提起，不会再见面。后来，宁洁认真地统计了投票结果的性别比例，发现还会和前任见面的粉丝90%都是女性，这个结果和女性执着的天性密不可分。一段感情的结束对于感性的女同胞们来讲，心里多多少少存有犹豫和不舍。男人不一样，想清楚了就分开，大多数男人不会再去纠结。

我们常说“再见”，恋爱时两人依依惜别，心里是甜的，挂掉电话嘴角是上扬的。分手时却不一样。分手时的“再见”，女人往往说得不甘心，而男人说得心口不一。对于分手的恋人们来说，再也不见好过再次见面。即使真的见面，也是相见不如不见。

若是曾经深爱，分手那一刻必定会互相伤害。无论是甜蜜的回忆还是撕心的伤痛，在决定分开的那一刻都应该和逝去的感情一起尘封，不再触碰。如果再去回味，咀嚼过去的点点滴滴，就如同受伤的野兽用锋利的牙齿撕开旧伤疤，舔舐带血的伤口。若是从未深爱，再见也无必要。既然未深爱，再见犹如食之鸡肋，既没有心潮澎湃的期待，也没有毅然决然的残忍。

思琪从小到大都是一个乖乖女，大学期间从未谈过一次恋爱。毕业了，思琪想谈一次轰轰烈烈的恋爱。一次，在同学举办的生日会上，思琪遇到了家成。高高帅帅的家成很绅士地给思琪倒水、递水果，在KTV里二人还合唱了一首《广岛之恋》。思琪和家成第一次见面后，二人关系火速升温。牵手、吃饭、约会、亲吻，思琪感受到来自恋人给予的幸福和甜蜜。然而在实际交往中，家成觉得思琪大小姐脾气严重，太过矫情，并不适合自己；而思琪却已经深深陷入生平第一次恋爱，对家成痴迷不已。

可能是中了“唱过《广岛之恋》的情侣注定会分开”这句话的毒，思琪和家成相处了半年多，最终还是分开了。分手是家成提出来的，思琪没反对。思琪对这段感情的结束非常不甘心，她认为家成喜欢自己所以才追求自己，才和她在一起，凭什么分手也是家成提出来的？对于没有任何恋爱经验的她来说，这有些伤情面。思琪还对这段感情存有幻想，她不知道，家成说的“分手”就是永远分开。思琪不断地给家成发微信，比如是否吃饭、天凉注意加衣等等。思琪发出去的微信如同石沉大海，家成没有任何回应。思琪不甘心，半夜跑到家成家楼下想再见一面，然而家成对思琪的态度依然是不予理睬。

可以很明显地看出来，思琪对于她的前任有着怎样的难忘情结。说到这里，或许有人觉得家成太过薄情，说这种话的人一定是女人。作为男人的家成是理性的，他很坚定，也很清楚自己的选择，更清楚选择之后将要面对的结果。既然想好了要分开，既然说出了再见，就不会再回头重新来过，没有一丝可能。

后来，思琪又恋爱了，对方是一个非常不错的男孩子，包容思琪的任性和无理取闹，也包容思琪的娇气和孩子气。这一对儿新恋人的感情应该得到祝福，可不曾想，思琪还是对家成念念不忘。在和新男友相处的日子里，思琪时常想起和家成在一起的点点滴滴。和新男友喝咖啡时，思琪端着咖啡杯幽幽地冒出一句："家成喜欢的咖啡是拿铁"；和新男友逛街时，思琪指着橱窗里的休闲皮鞋说："家成最喜欢这种款式。"

无辜的家成成了新男友的幽灵，几乎无处不在，这深深重创了这段新感情。思琪和新男友分手的时候，思琪没有追问为什么，也没有重演纠缠的旧戏。随着这一段新感情的结束，思琪终于明白，是该放下家成的时候了，自己的偏执只会让自己越负越重，家成不会再回来了，而自己还要追求幸福。

思琪明白，她发微信给家成，在家成家楼下等家成，都只是她的不甘心和一厢情愿。她知道这样的做法没有风度，也很无聊，甚至毫无裨益，可她就是放不下。在思琪心里，对家成抱有太多的幻想。她没有放下前任，没有释怀过去，却懵懵懂懂将就着一段新感情。自始至终，思琪都没有好好地投入到新感情中去，这也注定了新感情失败的结局。

很多人说，治愈失恋最好的方法是找个新人谈恋爱，可这个做法不适合思琪。对于放不下的人，对于放不下的事，对于分手，思琪太过纠结，纠结到无法自拔。失恋的女人一根筋，总想再回到前任面前问清楚为什么，幻想着再爱一次，殊不知自己所谓的“执着”，在前任眼中不过是厌恶的纠缠。

幸好大多数人理性，这种理性绝非残忍和无情。因为理性的人都知道，既然走到了终点，既然注定分开，见面只能徒增伤感，绝不会破镜重圆。女人与生俱来的本领是纠缠不休，男人天生自带的性格是果断决然。

有多少爱可以重来？既然当初同意分开，一个向左走，一个向右走，那就不要再回头。

既然分手，何必再见？既然分手，无须再见。

33.太要强的孩子没人疼

从小到大，我们被要独立、要勇敢、要坚强的价值观所引导，渐渐地我们习惯了一个人独处，习惯了一个人面对，也习惯了不轻易流眼泪。在旁人看来，我们内心足够强大，可只有自己知道，在夜深人静的时候，疲惫不堪和委屈孤单会如洪水猛兽般袭来。那一刻，我们孤单的身躯蜷缩在房间一角，左臂拥抱右膀，默默地承受着内心的苦涩与惊慌，这才是真实的自己。其实有时候，我们可以不用那么要强，没必要把自己伪装成超人不容侵犯，偶尔撒撒娇，诉诉苦，才是我们该有的样子。

太要强的孩子没人疼，小颖就是一个从小没人疼的孩子。

小颖是我小时候的邻居，那会儿她住在我家楼下，和她的爸爸、奶奶住在一起。我长小颖一岁，从小我就没见过小颖的妈妈，后来我听其他阿姨们议论说，小颖的妈妈在她五岁的时候去世了。小颖从很小的时候起就很独立，一个人上幼儿园，一个人回家，一个人去商店给奶奶买东西。

她是一个很要强的孩子，我在楼上多次听到她奶奶狠狠训斥她的声音，可任凭奶奶怎样发火、责骂，从来听不到小颖的哭声。有一次，楼下又传来很大的摔打声，我们全家都听到了，这个倔强的小姑娘又“惹祸”了。我妈妈很心疼这个没妈的小姑娘，带着我下去劝说。我们敲开小颖家的门，看到碗碟碎了一地，赤脚的小颖站在地板上，小小的脚上流着血，被碗碟碎片划伤的脚在地板上留下一处处血迹。我妈赶紧回家拿来药箱，给小颖处理伤口。那一年我们七八岁，我看到妈妈给小颖用酒精清洗伤口，小颖的泪水在眼眶里打转，她咬着嘴唇一声也没吭。

后来，我偶然间问起小颖这件事，她也只是轻描淡写像是说别人家的故事。她对我说，那天吃完饭后，她收拾碗碟，可偏偏地板上有一摊水，她脚下一打滑，碗碟掉了。奶奶听到声音从卧室出来，看到碗碟碎了一地，就责骂她不用心。我问她为什么不向奶奶解释，小颖歪着小脑袋告诉我，她妈妈在世的时候对她说，女孩子永远不要随便哭，哭和撒娇解决不了任何问题。小颖说，她绝不会像别的女孩那样在受委屈的时候放声大哭，即使特别难过的时候，眼泪像倾盆大雨一样落下来，嘴巴却不会发出一丁点儿声音。我和小颖是同龄人，可那个时候倔强要强的小颖已经和大人无异了，她比同龄人坚强得太多，这让我很心疼。

同样是女孩，苏南却是一个连矿泉水都需要别人帮忙拧开的女孩。苏南是我好哥们儿的女朋友，每次朋友聚会，我都看着我哥们儿和他娇滴滴的女朋友上演暖心爱情故事。苏南不喜欢吃辣椒，于是我哥们儿就在自己面前放一碗白开水，每一种带辣味的菜都用开水涮一下，再夹到苏南的碟子里。苏南喜欢穿高跟鞋，却总是喊脚疼，我哥们儿就在汽车后备厢里放一双拖鞋，在她脚疼的时候拿出来给苏南换上。两人逛街走路的时候，我哥们儿就成了苏南的腿，苏南会毫不客气地成为背上的小女孩。连苏南一个月一次的月经，都是我哥们儿跑去给她买护舒宝。

有一次我很纳闷地问我哥们儿：“苏南这么作，你不累吗？”

我哥们儿回答得很干脆：“这不是作，这是依赖，女人和男人本就不一样。女人就该负责貌美如花，享受公主待遇。我可不喜欢男人婆，什么事情都自己做，就像我认识的一些女孩，打扮得和男生无异不说，连摩托车也能修，汽车备胎也能换。如果女孩都这样，要我们男人干吗？简直太伤自尊心了！”

原来，我哥们儿正乐此不疲地享受着苏南带给他的存在感、价值感、成就感。苏南对旁人很依赖，这并不是说她丧失了自理能力，而是她懂得怎样的女孩更讨人喜欢。恰巧，就有这么一个足够喜欢她的男人，愿意把她宠成公主的样子，这又有什么不好呢?

每个女孩都渴望幸福，渴望依靠，渴望安全感和归属感。但当今社会，女强人当道，太多的女孩把自己活成了女王，而非公主。这样的女孩做事雷厉风行，倔强又独立。她们做事风风火火，干练利落，兵来将挡水来土掩，自己活成了一个国。

有人说，女人就应该靠自己，不用刻意去依赖谁。说这种话的人都是被生活逼出来的，没有哪个女孩从小不做公主梦的。生活不易，没有人帮助，没有人可以依靠，只能学着自己独闯天下，仗剑天涯了。

我儿时的邻居小颖后来搬了家，直到去年元宵节我在灯会上再次见到她。时隔多年，她音容已变，但那双倔强的眼睛一如从前。我和她简单地打了招呼，问了问她的近况。我得知她奶奶几年前去世了，她爸爸在她高中毕业后和另一个女人结婚了，新妈妈对她很好，只是她习惯了一个人独来独往，不再依靠谁。上了大学以后，她从家里搬了出来，很少回去。现在大学生活费是她自己勤工俭学挣来的，不是她家里不给她，是她已经不再需要。

要强的孩子都有一双隐形的翅膀，要强的孩子都吃了生活不少苦。不掉眼泪并不是因为不脆弱，也不是因为她们不需要温暖和关怀。不知道什么时候，她们才能等到可以让她们卸下盔甲的人，给予她们足够的安全感。

被人心疼和关怀是一件幸福的事情，希望每一个要强的孩子都能拥有一双大大张开的臂膀，接纳风尘仆仆、心酸委屈的自己，然后义无反顾、不计得失去爱你，给你全世界的洋娃娃。

34.坦然面对，绝处逢生

顺境不会诞生伟人，逆境才能锻炼强者。生活的坎坷，走过之后回头去看，不过只是仅此而已。逃避不能解决任何问题，唯有坦然面对才能绝处逢生。在披荆斩棘的过程中，我们被赋予强大的力量。来自内心的坚定意志，让我们充满期待，伴随着上帝开启的一扇窗，我们会经历一次再成长。

一天傍晚，下起了大雨，路上很难打到车，碰巧我的车送去4S店保养。好在是工作之外的时间，我环视四周看到一个网咖会所，便提着电脑走了进去。我把电脑包放在服务台上，一个“小孩”问我充值临时卡还是会员卡。我正想说这么小的孩子怎么在网吧上班时，眼前这个“小孩”咧开嘴笑了，他说我一定误会他是个孩子，其实不是，他只是在十二岁的时候生了一场病，从那时候起他就停止了生长。我被这样的解释弄得有些不好意思，把身份证和钱递过去，还没开口，“小孩”又笑着说：“我看您不常来，给您充一张50元的临时卡吧，您下机的时候找我退钱就行。”我点头微笑。

我坐下没多久，“小孩”端着一杯热水走过来，依旧是咧着嘴笑，“下雨天冷，喝点儿热水吧”，我感激不已，也第一次看到他全身的样子。和站在服务台里的他不一样，眼前的他穿着皮鞋西裤，看起来倒像个浓缩的大人。我赶忙接过他手里的杯子，对他连声道谢。我拉开旁边的椅子请他坐下，和他进行了简短的交谈，才得知他的故事。

他叫许超，二十三岁，西北人。在他十二岁的时候，他和姐姐去家里的梨园摘梨，他从树上掉下来，腰部摔在梨树下的一块砖头上。有两年的时间，他都没能站起来，只能被家人抱着、躺在床上吃各种药。在医疗条件并不发达的大西北，他家又是极其普通的农家，没有那么多钱可以拿出来去大城市看病，只好辗转在各个小医院里。十二岁的他生平第一次体会到了绝望。有一段时间，他不能上学，姐姐每次放学回家都会坐在床边教他。他笑着对我说，卧床的这两年，他吃了一卡车的中药、西药。

我难以想象眼前这个身材不高的男孩在童年的成长过程中经历了怎样的痛苦，他平静地回忆着，我仿佛是在听他讲别人的故事。后来，老家附近的医院都走遍了，他的病也不见好，他的父母得知外地的一家大医院可以治好他的病，于是父母把梨园卖了，把房子也卖了，带他去大城市做康复治疗。

在大城市里，全家租住在很小的一间地下室里，在经历了十二次手术之后，他又能走路了。但因为两年的耽误，又因为吃了太多的药，影响了身体发育，他的身高永远停留在了十二岁。他像个婴儿一样，从爬行到站立，颤颤巍巍的，扭扭捏捏的，他又能行走了。他说他永远记得再次站起来的那一年，那一年有如新生。他重拾希望，却也背负了太多的亏欠。高兴的是他能继续走路，至少像个正常人一样自己完成吃喝拉撒，不再让妈妈抱上抱下；亏欠的是，家里卖掉了一切值钱的东西，已经负债累累。懂事的姐姐为了帮父母还债，早早地辍学打工，而为了给他治病，父母在短短两三年时间里仿佛老了几十岁。

这时有客人走到服务台前，许超朝我点点头，然后站起身来走向服务台。这个时候我才注意到，他穿着光亮的皮鞋走路的样子是多么别扭，一深一浅，一瘸一拐，当年的腰椎受伤给他的一生带来了影响。

我对许超的故事着了迷，索性关了电脑，到服务台买了一瓶饮料和他交谈起来。我问许超，卧床的那两年你是怎么过来的？许超轻轻地说，痛苦的不是他，而是他的家人。他不能自理的两年里全靠家人照顾。在吃了一堆药、看了很多医生却不见好转的时候，许超也想到过死。许超悄悄在枕头下放了一把剪刀，却被妈妈收拾床铺的时候发现了。妈妈转过身去偷偷抹眼泪，转过身来却笑着拿那把剪刀给儿子剪指甲。他妈妈说，她这辈子就是为这一家人，任何一个人不好，她活得都不会快乐。

他妈妈对他说，瘫了不怕，怕的是他不能面对这个事实；走不了路不怕，妈妈背着，妈妈背不动了姐姐背着。但一定要坦然面对一切，一定不能放弃活着的希望。唯有坦然面对，才能绝处逢生，唯有活着，才有新的希望。就在那天，许超发誓他一定要好好地活下去，只要有一丝可能，他都要走路，不能当家里的累赘。现在他的姐姐出嫁了，他自己也找到了一份稳定的工作，可以来帮爸爸还债，可以养家了。许超对我说，对于他这样的人能找到一份工作，能再重新站起来生活，已经很知足了。

我永远记得身高只有1.4米的许超，说话时候的样子却像个巨人。人生不如意事十之八九，重要的是敢于面对打击，重返人生战场，许超做到了。一般人如果卧床两三年，再接受十二次手术，恐怕早就发疯了，放弃了。可正如许超妈妈对他说的那样，一定要坦然面对一切，一定不能放弃活着的希望。唯有坦然面对，才能绝处逢生，唯有活着，才有新的希望。

许超从病痛中站起来，以顽强的意志和坦然的心态迎接属于他的命运，他在世人的有色眼光里积极生活。他不仅没有自暴自弃，还带着感恩的心，用自己的双手创造着属于自己的幸福。

许超是不幸的，可又是幸运的。许超虽然永远停留在十二岁时的身高，但至少还有一个完整健全的身体，有一家非常爱他的家人。而有的人，生下来就缺失了一部分肢体，或一出生就被家人所遗弃。我想起一句话，不要总是抱怨生活的不公，当我们埋怨鞋子不够漂亮的时候，去想想那些没有脚的人吧。生活没有一帆风顺，在坎坷曲折面前，唯有保持好心态，才能渡劫成仙。所以，请相信面对困境要坦然面对，相信一定会绝处逢生。

35.不想表白，只因爱得不够

情人节那天，一个女粉丝Q果给我留言，字里行间充满哀伤。Q果告诉我，她和相恋七年的男友M分手了。二人是在新生入学会上认识的，M先生是来自三线小城市的高考状元，代表那一年的入学新生发言，Q果坐在台下，老师安排她上台献花。再后来，两人都在学生会任职，长久的接触往来，让他们在飞扬的青春里碰撞出了爱情的火花。

从大学毕业到工作，Q果和M先生经历了异地的考验，经历了分合的兜转。一起读书，一起奋斗，一起旅行，在所有同学眼中，Q果和M先生是一对儿再合适不过的金童玉女。即使在压力巨大的一线城市打拼，二人却从未因房子、金钱而争执苦恼过。在Q果看来，有一份坚定的爱情，有一个可以依靠的臂膀，足矣。如此佳人良缘，结局却让人唏嘘不已。

眼看Q果已三十岁在望，周围的同学陆陆续续结婚、生子，Q果开始心慌。Q果知道，M先生不可能看不出来Q果的几次暗示，最后迫不及待的Q果向M先生提出了结婚的愿望。然而，M先生的求婚迟迟未来，愿望从未兑现，从失望到绝望，Q果终于等来了一句“时机不成熟”的推诿。Q果明白，这不过是不想结婚的借口，她不想再等待下一个七年，于是情人节变成了分手日，一个结婚证打败了七年相恋。

金童玉女般的爱情如一只越飘越远的纸风筝，经不起风吹雨打，终于绳断分离。Q果问我，相爱这么久为什么没有一个好结果，如此相爱为什么不想表白结婚?

我对Q果说，不想表白，只因爱得不够。

在Q果和M先生的七年中，对于M先生来说，他们的关系并非如Q果认为的那样完美。在M先生心里，二人并不是真正意义上的恋人关系。M先生深知，他们彼此了解，彼此懂得，却只是暧昧的恋人。喜欢是喜欢，只是不够爱，因此M先生始终不会给Q果承诺，更不能谈婚论嫁。不冷不热，剪不断，理还乱，呈现胶着状态，这是他们七年感情的标签，唯独没有那句“爱你刻骨铭心”。于是在无数个心动的时刻，在无数个温情的瞬间，当Q果对这段感情畅想未来时，M先生却选择停步不前，维持现状，根本原因只有一个，M先生爱得不够。因为爱得不够，所以他选择止步不前；因为爱得不够，所以他不想做终极表白，总想找一个更称心如意的人再去表白。

不可否认的是，在这场持久的爱情战中，作为女人的Q果战斗力远远弱于M先生。男人有大把的时间可以再去精挑细选，女人则不同，她们的青春耗不起，名声也耗不起。所以，Q果爱得深，爱得惨，M先生不接招，这场爱情也终究只是空谈。

我给Q果讲了我一个朋友的妹妹的故事。有一次我和朋友吃饭，朋友中途接到一个电话，在电话里她妹妹哭哭啼啼说着什么，看得出来，朋友眉头紧锁，表情不悦。朋友在电话中安慰了妹妹很久，最后蹙着眉头放下电话。

我朋友说：“我妹妹失恋了，十分钟前她发现自己的男朋友和别人好了，一会儿她来找我，你帮我安慰一下吧。”

朋友说得轻描淡写，却突然犀利地质问我：“你们男的都是这样吗？”这一句话问得猝不及防，我正不知道如何回答，她妹妹红着眼睛走了进来。原来，这个刚刚失恋的女孩也有过一段没有表白的感情。

她和前男友是在一次驴友活动中认识的，后来无话不谈。兴趣一致的二人相见恨晚，他们一起吃饭逛街，一起拥抱喝酒，这样的关系保持了几个月。我听女孩讲述她的故事时，我心里已然明白，在女孩心里认定的这个所谓的“男朋友”，不过只是想玩一场暧昧的游戏。有一句话形容这种关系，“友情以上，恋人未满”，很贴心，有默契，有共同喜好，然而却单单缺少了爱。他们的感情比友情多，却比爱情少，比普通朋友纠结，却比恋爱关系简单。

我问朋友的妹妹，在与他相处的这段时间里，对方是否表达过“我爱你”这样的话？女孩擦了擦红肿的眼睛，疑惑地看着我说：“这还用说出来吗？不喜欢为什么会在一起？”我笑着摇了摇头，把我的想法告诉了眼前这个天真的女孩子。她们的感情就像90℃的热水，将沸未沸，似有若无。没有许诺和表白，怎么能算得上是爱呢？我说完这些话，女孩子不哭了。

我说，作为男人，我更了解男人。男人是理性的动物，在感情面前大多数男人并非不把承诺当回事，而是太注重承诺，所以不会轻易说出那三个字。如果说一句“我爱你”，那一定是爱了，如果连那三个字都从未说出来，这种感情是没有把握的。相反，男人说喜欢你，并不代表爱你，说爱你，并不代表会娶你。

在感情里，不要在没有得到一句许诺或表白之前就深深沦陷，无法自拔。很多事情，或许只是自己一厢情愿而已。有时候，是他爱上了她，或她爱上了他，而对方的感觉却差了那么一点点，当被错解的感情横亘现实，结局注定会是一场失落，不会共度一生，更不会你婚我嫁。我说的这些，是旁观者在故事中读出来的感悟。在感情中，本就没有孰是孰非，没有纯粹的对错，如果有，也只是在那一层还没捅破的窗户纸上，带给当局者的一层朦胧而已。

对于男人来说，如果爱就表白，暧昧本就是杀伤力很大的武器，深陷暧昧的任何一方都不过是备胎而已。如果遇到更好的人、更合适的人，遇到能够说出“我爱你”那三个字的人，备胎就成了受尽冷漠的闲置物品。对于女人来说也是如此，如果爱就表白，感情本就经不起折腾和角逐，不想表白的爱情，只是因为爱得还不够。

36.关乎梦想的决定，此刻都为时不晚

曾经有人在微博上给我这样留言：真羡慕你敢想敢做，比如你在十九岁读大学的时候就能按照自己的想法创业开公司，在充满一切可能的青春里奋斗，毫无顾虑，披荆斩棘，最后斩获成功。而我，在转瞬即逝的人生里无奈地看着时间远去，梦想也越来越远，剩下的只有空叹和遗憾。

不可否认的是，十九岁的我确实做了一个看似疯狂的决定，也收获了一个大家看似成功的结果。其实，在这里我想说的是，对于任何人来说，对于任何梦想来讲，现在都是最好的时机，对于遗憾，现在努力都为时不晚。

作家铁凝曾经说过：“我们都太喜欢等，固执地相信等待是永远没有错的，美好的岁月就这样被一个又一个遗憾消耗掉了。”我的经历并非个案，我的选择也并非是第一个吃螃蟹的人，我不过是在梦想萌芽的时候做好了继续培植梦想的准备和行动。

多数时候我们不会后悔自己做过的事情，却往往会因为没有做过什么而倍感遗憾。遗憾是什么？是你喜欢一个人，却在高中时代迟迟没有说出那份喜欢；是你立志考研却未曾为心中的那座象牙塔而努力付出；是你做错了一件事想弥补，却发现已经无力回天；是你攒够了足够的买礼物钱，却发现她已经不在身边；是你在坚持梦想的道路上临阵脱逃；是你再也回不到最初的年龄和机会前的声声感叹……

赵本山说：“人生最大的遗憾是，人活着，钱没了。”小沈阳说：“人生最大的遗憾是，人死了，钱没花了。”无论生老病死、悲欢离合，还是爱恨情仇，都可能成为我们的遗憾，所以遗憾比后悔更让人痛彻心扉。

这让我想到了《七月与安生》这部电影。七月和安生是两个性格截然不同的女孩，七月是一个文静、乖巧、安分、如小家碧玉般的永远的优等生。安生则不然，放浪不羁、自我叛逆，不按规矩办事，喜欢挑战权威，与她的名字大相径庭。在大多数人眼中，安生是一个在青春期叛逆不已、毫无自我约束力的女孩。然而在我眼中，真性情、坦率、听从自己内心声音的安生虽然桀骜不驯，却又真实可贵。当七月按部就班地规划自己的未来，要在二十七岁结婚、二十八岁生孩子、三十岁买房、然后相夫教子、一辈子也就这样的时候，安生却放弃了本就微不足道的安逸，选择了流浪和漂泊，去寻找生命中弥足珍贵的爱。故事的结局让人唏嘘，在七月的人生里想做未做的事情太多，却再也没有机会去做。我想，如果七月的生命可以重新来过，她一定也会像安生一样去生活。

世界上没有什么事情是两全其美的，利害权衡之时，顺从自己内心的决定更为重要。

我家楼下有一位五十多岁的李阿姨，去年突发脑梗去世了。这一年多来，李阿姨的女儿每到逢年过节就跑回李阿姨生前住的空房子看看，坐坐，后悔之心大于哀思之痛。

早些年，李阿姨的老伴儿意外去世，留下李阿姨和还在上大学的女儿。三年前，刚刚大学毕业的女儿为了爱情远嫁外地，李阿姨被孤零零地留在了家里。女儿出嫁那一天，她信誓旦旦地安慰李阿姨，现在交通如何方便种种，然而她最终也只是在春节长假才能回来小住几天。临回去的时候，女儿拉着李阿姨的手，说等工作不忙的时候把李阿姨接过去一起住些日子。没想到，她们这一次分别竟成了永别。

李阿姨的女儿回去没几天的一天晚上，李阿姨不小心摔倒了，因突发脑梗送救不及时，李阿姨永远地走了。上次我看到李阿姨的女儿来转让房子，她泪眼婆娑地向邻居们诉说，她最后悔的事就是不该理所当然地认为以后还有机会，她把承诺留给了等待，妈妈再也不可能等她来接她过去住几天了。而女儿那一句“等工作不忙时接妈妈过去住”的梦想，终究成了一个阴阳两隔的遗憾。

时光易逝，意外太多。在世界上，没有什么爱比陪伴更为重要。子欲养而亲不待，这种遗憾谁也无法弥补，别让等待成为遗憾！

在美国有一位非常传奇的女神，她的人生跌宕起伏，精彩异常，她就是Phyllis Sues。有人说人生就像潘多拉盒子，你永远不知道下一秒会发生什么。Sues出生于1923年，现在已经九十四岁。年轻时她在美国军队服役，参加过海湾战争，担任过空军运输机机务长。热爱生活喜欢时尚的她，退休之后创立了自己的时装品牌，那一年她刚好五十岁。二十年后，七十岁的她喜欢上了音乐，于是成为作曲家，并在她八十六岁的时候出版第一张个人专辑。九十岁的她，突然萌生了跳探戈舞的想法，于是她开始练习高难度瑜伽。

如今，九十四岁的Sues简直是所有年轻人的女神，在她的字典里没有什么是不可能的，也没有“遗憾”这个词。她是乐观的行动派，她用行动藐视一切不可能。她仿佛是一个永远十八岁的人，富有活力，做任何决定都毫不迟疑。她认为每一个关乎梦想的决定，此刻都为时不晚。正是这种“为时不晚”，让她拥有了宛如电影剧本一般的精彩人生！

Phyllis Sues曾经这样告知年轻人：“看看我，如果想说‘要做什么事已经太晚了’之类的话，请你再好好思考一下！”女神的话字字珠玑，还有什么时间是比此刻还早的呢？没有！所以，此刻对于未来就是最早的时间。

最后，用《大话西游》里的经典台词来做此文的结束语吧：“曾经有一份真诚的爱情放在我面前，我没有珍惜，等我失去的时候我才后悔莫及，人世间最痛苦的事莫过于此。”爱情如此，亲情如此，每一个梦想如此，别让等待成为遗憾。对于每一件你还有机会去做的事情来说，对于每一个关乎梦想的决定来说，此刻都为时不晚。

37.完美的人没有生活在地球上

前几天我在咖啡厅约见朋友，就在等朋友的时候，我无意中听到身后座位上两个小姑娘的闲聊。我没回头，但从二人的话语中可以听出来，她们是在评论一本时尚杂志。

“好大的眼睛，我要是有这样的眼睛每天不化妆也能出门。”

“是呀，还有这个，腿真长，哎，要是能换一换多好。”其中一个姑娘随即附和着。

“真完美，让我羡慕嫉妒恨。”

杂志被翻页的声音很脆，两个姑娘的感叹如砸到玻璃上的弹力球，弹跳间的声音不时撞击着我的耳朵。我没有回头去看，但我能想象出她们的表情，惊叹，羡慕，继而叹息，让我忍俊不禁。

人们总喜欢用自己的短处和别人的长处相比，结果注定让自己的心态变坏，让自己深感己不如人，从而产生嫉妒和不甘心。世界上哪有什么完美的人？上帝创造人，把亚当的肋骨取了一根创造了夏娃，人生下来本就缺失一部分，又怎么会十全十美？在我们眼中光彩夺目、看似近乎完美的人，如明星，如偶像，其实也只是稀松平常的人而已，褪去了光环，我们都一样。

完美的人没有生活在地球上，世界上没有完美的人，只是每个人对待自己缺陷的态度有所不同而已。有的人坦然面对，有的人刻意掩饰，正如有的人身残志坚，勇敢生活，直面缺陷，而有的人身材微胖，却时刻不忘穿一身黑色衣服让人从视觉上达到“瘦人”效果。

听了两位小姑娘对“完美”的定义，我想起去年夏天在微博上向我诉说苦恼的小姑娘苏晴。

苏晴是一个十九岁的姑娘，不论长相和性格都很讨人喜欢。在盛夏，苏晴顺利地挤过高考独木桥，如愿以偿地考上了自己喜欢的一所大学，读到了自己喜欢的专业，看似一切都很顺利，很美满。然而，在自由开放的大学校园里，苏晴却开始变得敏感、自卑。上高中的时候，她曾为自己个子矮伤怀，只不过学习压力大，无暇想太多。到了大学，她看到周围瘦高的女孩、男孩，她会低着头迅速走开，她觉得个子矮对她来说是一个严重的缺陷。她不敢和个子高的同宿舍女生一起外出，也从不和个子高的同学交朋友。她苦恼地对我倾诉着个子矮带给她的无地自容，她说她厌恶人群，厌恶集体活动。

我平静地告诉她，青春期的女孩众彩纷呈，环肥燕瘦，并不是每个人都喜欢高个子女生，我倒觉得小巧玲珑的小家碧玉很可爱。地球上本就没有完美的人，大多数时候我们固执地认为自身的某种不完美是一种缺陷，其实这不过是我们自己庸人自扰。这就像有的人喜欢平胸，有的人喜欢丰满胸，有的人会自信地开玩笑说自己是“飞机场”，而有的人却耿耿于怀自己不能穿衬衫。不完美又怎样，每个女孩都有自己独特的美丽，只要找准自己的定位，一样可以活得风生水起。

最后我问苏晴：“你相信吗，如果你还有长高的机会，你一定还会纠结其他方面的不完美，比如脚大，比如皮肤不够白，比如鼻子不够挺。所以，你的苦恼不是来自身高本身，而是来自你内心的不自信。你过于苛求完美，为你的不自信找各种借口，以至于逃避，无法正视和面对。”我鼓励苏晴忘记身高问题，选择适合小个子女生的服饰来装扮自己，多去参加社团活动。最后我们约定，苏晴要在一个月内交到两个新朋友，参加一个集体活动。

一个月后，我主动给苏晴留言，问她最近的近况，她好几天后才回复我，她告诉我，她最近很忙，但很快乐。新社团需要她做一些文案工作，宿舍的两个朋友和她约好周末去逛街，去看看秋装。苏晴用一个吐着舌头的笑脸谢谢我。

我说：“这都是你自己努力，你打败了内心的那头小怪兽而已。”

其实，我并不为苏晴的改变而感到惊讶，她不过是回到自己的正确轨道上来了。她本就是一个可爱的女孩，不完美，有缺陷，但乐观、自信、积极，她无法改变个子矮的缺陷，却改变了自己的内心。她发现生活中有更多值得关注的事情，要去寻找生命的真谛。

有这样一个故事，主题说的正是追求完美。有个人在海边幸运地捡到一颗硕大的光彩夺目的珍珠，他把珍珠捧在手心仔细观看，却发现珍珠上有一个小小的斑点。他想，若除去这个斑点，它该是多么完美呀！于是，他刮去珍珠一部分表皮，然后再看，斑点还在。深感遗憾的他又狠心地再刮去一层，不料顽固的斑点依旧存在。为了追求完美无瑕的珍珠，他不断地刮下去。可悲的是，到了最后斑点没有了，珍珠也不复存在了。遗憾变成了懊悔，当手中空无一物的时候，这个人后悔不已：当时我若不去计较那个小斑点，现在我手里还会攥着一颗硕大璀璨的珍珠啊！

带有讽刺意味的故事，因为追求完美无瑕，最后却空无一物。真正的完美就是不完美，正所谓“甘蔗没有两头甜”，漂亮的玫瑰会有尖锐的刺，充满魅力的维纳斯也是断臂女郎，四季不会总如春天一样鸟语花香。从某种意义上说，世界上本就没有绝对完美的事，完美的人也没有生活在地球上，无论生活、情感、事业、相貌、经历，没有哪一样会十足完美。

不能贪恋理想中的完美生活，要以平常心面对，既能仰望星空欣赏星光璀璨，也能脚踏实地感恩生活美好，只要快乐地活在当下，尽心尽力即是完美。有一点儿缺陷，留一点儿遗憾，这才是生活。希望每个人都能在不完美的人生中活出完美的生活！

38.你可以重色，但不能轻友

初识颖儿，是在我的第一个粉丝群里。一天，在群里并不活跃的一个姑娘问了我一个问题：是不是重色就意味着轻友？我发过去一个疑问的表情，然后这个心思沉重的姑娘把她这段时间伤神已久的故事向我娓娓道来。

颖儿是一个上大三的姑娘，和大多数二十岁出头的女孩一样，她喜欢时尚，喜欢交友，也喜欢帅哥。颖儿有一个非常要好的室友小兜儿，从大一到大三，两个姑娘形影不离，无话不谈，原本世事安好般的青春岁月却因为一个男孩的介入，变得暗起波澜。

故事还要从计算机系的一个男生说起。方堃高高帅帅，暗红色的头发烫成小卷，青春洋溢的脸上有两个深深的酒窝，学习好，品性佳，能弹一手好吉他。在一次社团活动中，小兜儿认识了方堃，少女含羞，情窦初开，倾心不已。从那一刻起，方堃成了这两个人时常讨论的话题人物。小兜儿的暗恋丝毫没有向颖儿隐瞒，还时常向颖儿诉说少女怀春的心事。小兜儿不知道该如何引起方堃的注意，也不知道该如何向心目中的男神表白。于是，出于对好朋友的关心，颖儿毫不避讳地为小兜儿出谋划策。陪着买早点，陪着选礼物，策划写情书，商量约电影……颖儿俨然成了小兜儿的情感军师。每次行动，小兜儿都要拉上颖儿，小兜儿打扮得漂漂亮亮的，把每一次送出的礼物装扮得异常精致。

然而，小兜儿不知道的是，时间一久，颖儿惊恐地发现自己也喜欢上了这个外表阳光的大男孩。当方堃开始注意这两个时常来找他的女孩，当小兜儿坚定地认为方堃对礼物的接受是对自己感情的回应时，方堃却直言不讳地告诉她，他更喜欢不远处站着等小兜儿的颖儿。小兜儿被当头一棒震懵，她回过头看站在林荫道边一脸无辜、不知所以然的颖儿，顿时怒火中烧，深深感到自己被捉弄和欺骗了。她丢下颖儿，头也不回地走了。直到现在，事情过去了整整两个月，小兜儿都不和颖儿说一句话，曾经好似一人亲密无间的姐妹，却突然间形同路人。

颖儿不明所以，她认为自己对方堃的喜欢深藏心里，不会被他人知晓，她以为小兜儿的不悦是因为告白失败，正处于失恋的伤心状态。但当颖儿一次次的安慰被小兜儿的句句呵斥所责难时，在小兜儿声嘶力竭地向颖儿咆哮方堃说的话时，颖儿才知道方堃也喜欢上了自己，在小兜儿暗恋无果的终结剧情里，自己并非是无辜的路人甲。

颖儿问我，如果我是她应该如何选择。一个是相伴三年现在却形同陌路的好姐妹，如果她选择握手言和，也未必能挽回这段土崩瓦解的友情，未必能换来冰释前嫌般的岁月静好。另一个是认识只有几个月的男孩，却偏偏是自己最好的朋友喜欢的男生，如果选择和方堃在一起，她注定彻底失去小兜儿，再无和好的可能。

我感受到颖儿的焦虑和困惑，没有直接回答她的问题，而是问她："如果下雨了你只有一把伞，你把伞给小兜儿还是给方堃？"

颖儿很快回复我："当然给小兜儿。"

我问：“为什么？”

颖儿说：“我不想让小兜儿淋雨生病。”

我继续追问：“那方堃生病你不担心吗？”

颖儿发过来一串省略号。其实，在颖儿直观的意识里，小兜儿远比方堃更重要，颖儿已经将小兜儿视为另一个自己，或者说是自己身体的一部分。她回答的那句话中，当然是小兜儿的“当然”二字，足以看出小兜儿在她心里的重要程度。而对于方堃，她还没有升级到爱，仅仅是停留在喜欢的程度而已。

当我笑着告诉颖儿她的困惑已经完全解决时，颖儿还很茫然，她没意识到自己已经在小兜儿和方堃之间选择了小兜儿，在友情和爱情之间选择了前者。我为颖儿的选择感到高兴，因为友情比爱情更可贵。当我一语道破个中缘由时，颖儿释然了。她说她要马上给小兜儿一个大大的拥抱，再真诚地说一声“对不起”。

我调侃颖儿，那方堃怎么办？颖儿直接丢给我六个大字：让他见鬼去吧。过了一会儿，她简单干脆地给我发过来一句话：我可以重色，但不能轻友。

时隔数周，颖儿给我发过来几张照片，照片里小兜儿戴着生日帽，一脸幸福和感动，一旁的颖儿搂着小兜儿的肩膀，画面倍感温暖。在这两个笑靥如花的姑娘身上，我又看到了飞舞着七彩翅膀的青春，满是爱，满是珍惜。

友谊是什么？是彼此要好的人之间最纯洁、最高尚、最坚实、最永恒的情感。生活中可以没有爱情，但绝不能没有友情。于芸芸众生、茫茫人海中，因缘分使然而相遇，因心灵相通而相知，从认识，到了解，到亲近，到相伴。两个人有不同的面孔，有不同的经历，却有相同的心意，在相逢中惺惺相惜是一件多么幸运的事情。

真正的友谊赤诚以对，心照不宣。举手投足之间，一颦一笑、一言一行、一个眼神、一个动作、一个背影、一个回眸，都会默契地心领神会，心心相印。

友情如水，淡而长远；友情如茶，香而清纯；友情如酒，烈而沁心；友情如雨，细而连绵。友情是雪中送来的热炭，是得意时为你自豪，是失意时借你依靠，是你不舒服时的那碗热汤。如果在美好的年华里，有幸遇见愿意陪我在青春里肆无忌惮疯狂的你，彼此直言不讳，形影不离，请珍惜。如果一定要在爱情和友情里做出选择，请记得：你可以重色，但不能轻友。

39.对不起和没关系

以马克思主义哲学来分析，事物应该都是相对的。然而，并不是每一个“对不起”都能换回来一个“没关系”。这句话，我要特别送给那些敢于正视错误、直面自己、一心祈盼获得原谅却一直生活在内疚和自责中负重前行的人们。

星明是我的发小，多年来我看着他喜欢一个女生，从懵懂的青春期到睿智的青年期，整整十年。在大学毕业那年，女生终于答应做星明的女朋友。

女孩说：“你要一如既往地对我好。”

星明笑笑，说：“好。”

两个人终于牵手，星明放下一切去了女孩所在的城市。临走时，我们一众好友笑他重色，星明笑而不语。大学刚毕业，两个人都没什么顺当的工作，女孩想继续读研，星明说好。于是，星明找了一份业务员工作，女孩一心考研。一年后，女孩如愿考上了另一个城市的研究生。

女孩说：“我想你陪我一起去。”

星明说：“好。”

星明辞了职，收拾为数不多的行李和女孩在新的城市里落脚。

女孩读研，星明工作，三年来星明一直从事着和自己所学专业不相关的工作，他信誓旦旦地对女孩说：“你做你喜欢的就好，我做你喜欢的就好。”

然而，女孩研究生还没毕业，星明的付出就注定是一场空无。一个周末的晚上，星明如往常一样提着女孩喜爱的水果和零食去研究生宿舍看女孩，却远远地望见在女孩身边被女孩紧紧依靠着的他。星明走上前去，呼唤女孩的名字，女孩的眼睛里闪过不安和忧虑，讪讪地将头从那个男孩肩膀上挪开。星明把一大袋食物递给女孩，搓着手笑着对女孩说：“找了男朋友也不领回家让哥看看，这都是你喜欢吃的，拿着吧。”女孩愣住了，忘记接过袋子，什么也说不出来。星明把水果往女孩手里一塞，头也不回地走了。

后来，女孩的情况我不太知道，我听圈里的朋友说女孩多次来找星明道歉，但星明都避而不见。从B市回来的星明像换了一个人，变得没那么爱说爱笑了。每个人都在忙碌的生活中兜兜转转，我再次见到星明是他来我家给我送喜帖。我看着喜帖上的照片，照片上他和另一个我没见过的女孩子依偎在一起，女孩有细长的眉毛，笑容很灿烂。我从冰箱里取了一瓶可乐给他，他却摆摆手说很久都不喝了。我诧异地调侃他，上学那会儿总偷喝我书包里的可乐，怎么突然不喝了。星明摊开手，仰起头笑着看我："早不喝了，去了B市以后，为了多存一点儿钱……"说到这里，星明的声音哽咽了一下，继而对我说，"都过去了。"

我问他，后不后悔这十年，毕竟一个人一生没有几个十年。星明摇摇头。我又问，后来女孩回去找他，为什么不见面？他说没有必要见了，因为他不会和她在一起了。

有些事情就是不值得被原谅，跟大不大度没有关系。即使说一万个"对不起"，也换不来当初的情感。每个人都有自己的底线，一旦被践踏，就不会冰释前嫌。

十年的付出，可以拒绝那句"对不起。"做错的事情，就该付出相应的代价。不是每一个“对不起”都能换回来一个“没关系”，所以要珍惜。

生活中，有些人比较敏感，就像公司的小A。一次早会，小A迟到了，当她慌忙推开会议室玻璃门坐在会议桌前的时候，不小心碰倒了小E放在文件上的咖啡杯，咖啡流了一桌子，文件也湿透了。小E表情明显不悦，小A赶紧拿纸巾擦拭，道歉不迭，可小E非但没有说出那句“没关系”，反而严厉地责备小A，这让小A更觉得不安。那一整天，我都看得出来，小A非常难过。这本是一件很小的事情，因为小E喋喋不休，小A心事重重。

下班后，我走到小A办公桌前，告诉她不要在意早上的事。小A心怀感激地看着我，她说她以为全公司的人都以为她是冒失鬼，最主要的是小E，无论小A如何道歉，如何解释，如何弥补，小E都不为所动。我拍着小A的肩膀微笑着对她说：“不要期待每一个‘对不起’都能换回来一个‘没关系’，有的人神经大条，有的人敏感多疑，有的人心胸广阔，有的人小肚鸡肠。碰倒咖啡不过是一件小事，你诚心道歉就好，下班就赶紧回家吧，明天早点儿来，给小E的办公桌上放一杯热咖啡就好。”

在我的宽慰下，小A收拾完东西离开了。我想小A的心情应该轻松很多，至少心里不再装着那杯倾洒的咖啡了。

在生活中，我们难免会做错事情给他人带来不便，如果是无心做错事而让他人心情不悦，在没有给对方造成实质性伤害的前提下，即使对方仍然为此耿耿于怀，也不必太过内疚和不安。去试着理解对方的不易，但千万不要学对方狭小的心胸。要知道，我们没必要深陷在矫情的泥潭里，继而纵情放大自己的不易，洒脱一点儿岂不更好？所以，无论是有意的错误还是无意的伤害，如果有机会都要向对方说一句“对不起”，纵然换不回那句“没关系”，但你至少够坦然够勇敢。不要期待每一个“对不起”都能换回一个“没关系”，只要正视错误、诚恳道歉、善待他人就好。

知错能改，善莫大焉。不要把犯错误想得理所当然，也不要把犯错误想得太过沉重而难以忘怀。错了就错了，找出错误真诚地向对方道歉，不故意推卸责任，不过分强调理由，同时感谢对方包容，这样就好。如果你的道歉没有被对方接受，也要感谢对方聆听，让你有机会说出来。至于对方不接受道歉，大不了随他去，这就是最好的态度。

40.为什么校园爱情更容易无疾而终

在我的粉丝留言里，有很多人是咨询校园爱情问题的。在这些校园爱情故事里，主人公大多是大学校园里的学生，正值天真烂漫时期，沉浸在“爱就深爱，不爱就分开”的桀骜年华里。这些人虽然不同，却有着相同的经历和结局。

果丹皮是一个刚刚毕业的天蝎座女生，她的前男友是和天蝎座绝配指数高达100%的双鱼男。果丹皮和前男友都是非常敏感、直觉很强的水象组合，就是这样一对儿天生注定的情侣，也终究逃不过毕业季的分手大军。从大一到大四，他们四年感情没有因为毕业修成正果，二人在毕业之际随着就业而分道扬镳。果丹皮对我说，从分手那一刻起，她明白了什么是现实。

幸福的甜甜也有苦恼的问题。甜甜是一个高智商姑娘，她从上海财经大学一直考研到清华大学。她有一个相恋多年的男友，从高中一直相伴至今。男友从一个城市辗转到另一个城市，只为陪在甜甜身边。他们的爱情从高中到大学，男友虽然没有继续读研，却一如既往坚定不移守护着他深爱的姑娘，甜甜说她是幸福的，可她也是不幸的。她的爱情长跑维持到第九个年头，眼看就要研究生毕业，甜甜的父母却从中阻拦，用各种方法施加压力迫使甜甜分手。甜甜无奈地说，如果是因为父母口中的学历不匹配而不能在一起，她宁肯中途退学，拿不到研究生毕业证书没什么。这个姑娘对爱情矢志不渝，如果这样的爱情也无果而终，真的令人痛心疾首。

邵力也有一段因毕业而结束的感情。邵力的校园爱情来得有点儿晚。大三那一年，当大家开始为即将到来的实习工作而奔走忙碌时，一个可爱的姑娘走进邵力的视线。在学校打字复印室里，邵力急于打印一份简历，去赶下午的面试，但却忘了带钱。有个腼腆的姑娘微微一笑，替邵力支付了打印费。后来，邵力在食堂再次遇到她，还钱，感谢，吃饭，回请，一来二去，两人上演了一段毕业季“黄昏恋。”或许是两人相处的时间太短，当实习开始时，姑娘听从家里的安排回家乡成为一名公务员，邵力一个人留下继续为梦想苦苦打拼。邵力对我说，他从未埋怨过她，他知道他短时间内不能给予她更稳定更好的生活。这还是爱得不够，如果很爱对方，她和他都会为了彼此不顾一切地朝对方奔去。

当下的大学校园随处可见手拉手、肩并肩的青年恋人。有人说，世界上最纯洁的爱情就在校园里，我认同，但也想反驳，校园里也有不那么纯粹的爱情。

回到毕业季就是分手季的话题上来，四年的卿卿我我最终还要面临毕业时的压力，鲜有俊男才女逃脱这个魔咒。在我看来，让校园爱情无果而终的原因有就业选择，有空间距离，有个人发展，有现实诱惑，也有看似高尚的牺牲——为了你更幸福。

就业选择是校园爱情第一杀手。多少年来，就业不同终结了无数恋人的情感。就业选择不同不仅会产生空间距离，还会增大社会地位之间的差距。其实，物质因素是导致分手的关键因素，在就业选择上，庙堂之高者更胜一筹，江湖之远者渐行渐远。就业的你高我低，注定劳燕分飞。

因就业选择不同，继而产生另一个影响感情的因素——空间距离。异地恋大多不被人看好，因为谁也无法逾越空间的阻碍。两地分居带来的误会，随着时间的推移只会愈演愈烈，少数情侣也只是暂时能够克服。时间久了，即使生活在随时能够视频联系、经常飞来飞去的现在，也无法抵挡因空间距离导致的情感疏远和隔阂。

个人发展也是造成校园爱情不能善终的因素之一。有的人选择继续深造，有的人选择尽快就业，这就意味着有的人要脱离工作，在象牙塔中继续探索真理；而有的人要担负家庭责任，通过自己的努力获取物质财富过生活。这仿佛是两个极端，一个阳春白雪，一个下里巴人，一个风花雪月、诗词歌赋，一个柴米油盐、衣食住行。理想越来越远，相守难上加难。

还记得在《非诚勿扰》中马诺说的那句广受非议的话，“宁可坐在宝马车上哭，也不能坐在自行车上笑。”对于女孩来说，毕业就将面临婚嫁问题，而中国式父母都告诉自己的女儿，学得好不如嫁得好。在现实诱惑面前，很多女孩把嫁个好老公当成毕业后的追求目标。相比初出茅庐、一无是处的校园伴侣，社会上的成功人士对女孩更具诱惑性。这种诱惑，让很多男生无处哭泣。

更有甚者，少数人会在考虑多方因素后，以“我不配”“为了你更幸福”而大言不惭地公然分手，其实只是为了掩盖自己自私和不爱的目的。天真单纯的一方痛哭流涕，对另一方依依不舍，而富有心机的另一方恨不得马上和对方划清界限，从此各不相欠。

说到底，还是因为不够爱。在懵懂的青春里，有谁能准确定义爱情？牵手时我们大多单纯，目的明确，一句“喜欢你”，一句“在一起”，这就足够了。然而，我们还是太年轻，还是不懂爱。当毕业来临，当大家即将离开原本熟悉的环境，面对新选择时，对于思想尚未成熟、价值观尚不坚定的小伙儿和姑娘们，他们能做的只有放手。

我认为最好的校园爱情结局不是两人在一起，而是理智地开始，认真地对待，坦诚地相处，温情地结束。即使有一天彼此激情不在，真正到了不得不分开的时候，为了曾经的海誓山盟和刻骨铭心，恋人们都要互道一声珍重。无论什么时候，无论什么原因，无论是谁，都无法逃避自己对爱情、对生活、对未来的责任。

41.活在自己的期许里就好

人应该为自己而活，而非是为他人而活。但生活中，有太多的人背负着太多的期许在他人的目光流转中生活，虽心生压抑，却不敢言语。

我曾收到一封邮件，是一个刚读完大一的男生写的。从邮件的落款处我知道他叫亚峰。在邮件里，他无奈又声嘶力竭地讲述整个暑假他都在进行的一场拉锯战，战斗目标竟然是他的母亲。

原来，刚刚结束大一生活的亚峰在经历了会计专业一整年的学习之后，他发现自己对会计专业的陌生感越来越深，对会计专业本就不多的兴趣消失殆尽。而会计专业是他高考填报志愿时母亲背着亚峰偷偷更改的专业，并非亚峰本意。

起初，作为儿子的他无法拗过再三坚持的母亲，万般无奈之下，他只好违背自己的内心，接受母亲的安排。母亲对他说，她希望他成为一名出色的会计。在母亲的期许里，亚峰强忍着，直到第一年专业课程结束，当成绩一路红灯亮起的时候，亚峰突然意识到，自己所谓的妥协和顺从不过只是形式上的自欺欺人。这一年多来，他没有快乐，只有压抑。亚峰告诉我，他想转专业，他觉得母亲再坚持让他学会计，他一定会疯的。亚峰字里行间充斥着绝望、气愤、无助，母亲的爱终究成了他的负担。

我认真地给他回复邮件，鼓励他和母亲多多沟通，试着站在母亲的角度体会“可怜天下父母心。”坚持自己的原则固然重要，更难能可贵的是，不要伤害爱你的人，事情总有解决的办法，努力做好自己，证明自己的选择是对的就好。

在中国家庭里，有很多孩子都活在爸爸妈妈的期许里，接受各种被安排，无论择校、择业、择偶，无一例外会发生“因为我妈不同意”的尴尬。亚峰活在妈妈的期许里，因为他妈妈偏执地以为只要为了孩子好，那么安排好的一切都是孩子应该全盘接受的。但是，她忽略了儿子已经长大，与其让他伪装成妈妈期许的样子，不如放手让孩子绽放自己的光芒。

刚毕业的丸子和亚峰一样，是一个活在别人期许里的年轻人。初入职场的她恪守前辈们教导的“新人守则。”她每天第一个到办公室，每天主动承担打扫卫生、整理公共区域、整理上司办公桌的活儿，还积极包揽办公室里大大小小的琐碎事务，比如给同事买咖啡，给同事复印资料，甚至经常接受同事们临时转交给她的加班任务。如此勤快的姑娘一定是大家都喜欢的入职新人吧。可结果令人失望，除了必要的工作接触，没人愿意和她多说话。中午休息就餐时，也很少有同事愿意坐在她身边，一同入职的其他新人对丸子也敬而远之。

丸子不明白，恪守“新人守则”为什么让她被孤立起来，难道勤快有错吗？有一天，办公室里发生的一件事让丸子的热情如同被当头浇了一盆冷水。这一天是公司月末对入职新人考核的日子，信心满满的丸子自认为无论是勤勉工作还是和同事分担工作，她都做得很出色。然而，做了很多工作的丸子却不是得分最高的那一个人。丸子觉得这样的结果太荒唐了，这样的工作完全没有意义。

在和我聊天中，她谈到自己的境况，萌生了辞职的想法。

换一家公司或许会好些，丸子对现在的公司心灰意冷。

我对她说："如果你继续保持这种状态，希望公司所有人都喜欢你，认可你的想法，那么你换多少家公司也是一样的结果。"我告诉丸子，每个人都有自己的事，忙工作，忙生活，忙前程，忙得不亦乐乎，大多数人没有精力在你身上浪费时间，他们的评价可能只是随口一说而已，不必要放在心上。

新的一周开始了，丸子终于不再强迫自己早起，也不再主动包揽所有与工作不相关的事。她和所有的同事一样，按时抵达公司，然后开始做自己分内的工作。她开始拒绝在自己忙碌时分担他人工作的请求，也不在意工作做完是否会得到对方肯定，她尽力做着与自己工作岗位相关的事。后来，丸子兴奋地告诉我，她发现自己和周围的同事相处得更融洽了，被她拒绝分担工作的同事非但没生气，还主动和她打招呼，而在她不忙的时候帮助其他同事复印资料，会得到同事们真诚的感谢，她不再是透明的了。

丸子的问题终于得到解决。我们细细分析一下，丸子的问题在于丸子太想得到所有人的喜欢和认可。她一直活在同事们对她完美的期许中，而这种完美的期许让人觉得陌生。她努力迎合别人的喜好，却迷失了自己。她勤奋地打扫卫生，在别人看来只是为了衬托旁人的懒惰，她积极地帮助上司整理办公桌，在他人眼中成了阿谀奉承的殷勤之举。

我们生活中没有绝对的完美，不如尝试着放下那些别人期待你做的事情，不要刻意伪装成别人期待你成为的样子。旁人给你的只有意见，最后一定要自己做决定。对的事就去做，不管别人怎么看，不用在意别人说什么。活在自己的期许里不是刚愎自用，更不是固执己见，而是认清自我，听从内心召唤。

每个人都是独一无二的，每个人都渴望活出自己想要的模样。活在他人的期许里太累，做最好的自己就好。

42.风云学长

写了很多别人的故事，现在来聊聊我自己。

这么多年我一直在走，走过熙熙攘攘，回头看时，时间为我留下了太多东西。无数次提笔又放下，无数次打开电脑又关上，不知道应该从哪个时间点开始写起。

我这几年经历的生活和商场上的人情世故太多，对于高中三年的人和事，我的记忆已经变得有些模糊。

记得我上高一那一年，是我最顽皮的时候。初中成绩一直不错、当过几年班长的我，在那一年彻底变成了老师和同学眼中的问题学生，逃课打球、聚伙打架、偷偷早恋……除了不学习好像什么坏事都在做。那个年纪的孩子，对于我这种问题学生反而没有电视剧里演绎得那么厌恶，甚至有很多男孩子向往，有很多女孩子羡慕。我现在想，可能是当时的学校对学生价值观教育得不成熟，才是导致问题学生源源不断的真正原因吧。站在老师的角度看，问题学生真的是让人厌恶之极。当时的我，是班主任和年级主任办公室里的常客，阴影至今挥之不去。学习成绩是衡量学生最公平的标尺，我依稀记得当时我们班里有五十六个人，高一上学期期末考试，我是第四十二名，是的，倒数第十四名。

我们在高二文理分科，我对化学一窍不通，于是选择了文科。那时候，我遇到了我生命里第一个伯乐，一个真正改变我一生的女人——高二班主任。我对她的印象特别清晰，三十岁出头的年纪，一头干练的短发，一副金丝眼镜，一个在海边长大的人才能体会到的海蛎子味的女式嗓音，从那时起，我才体会到中性美是那么与众不同，却又直击心灵。我们是她做班主任带的第一批学生，也是最后一批，因为毕业后再去看她，她已经不再做班主任了。

忘记说了，她是数学老师，却有语文老师般的温柔，她告诉我："王子瑜，我觉得你还有很大潜力可以挖，你好好学，没问题的。”对于一个已经自我放弃的问题学生，这样的鼓励来得实在太震撼。原来，除了父母之外还有人不愿意放弃我……之后的剧情和青春偶像剧一样老套，我不再逃课打架，把之前调皮捣蛋的时间一点儿一点儿拿出来用在学习上，结局顺理成章，在高二第一学期期末考试的时候，我的成绩一跃成了班里的第三名。我记得我把成绩单拿回家的时候妈妈正在厨房择芹菜，看到我的成绩单后，她惊讶又满脸喜悦的表情我这辈子都不会忘，还有那一句洋溢着幸福的话：“儿子，妈妈一直都相信你，知道你一定行的。”

按照常理说，高三是高中最重要的一年，应该有无数的回忆，而我对高三的回忆仅仅只有压力过大，长了满脸的痘痘和稳定保持在班级前十名的成绩。电视剧为了让剧情能够吸引观众，都不会草草而终，剧情跌宕起伏必不可少。我也一样，平时成绩很稳定的我高考发挥失常，数学发挥极度失常，数学成绩比平时少考了近五十分，突如其来的打击几乎击碎了我的天灵盖儿。但既已考完就要接受现实，报志愿又是一场没有硝烟却更加惨烈的战争。由于高考考砸，一心想要去见见世面的我可选择的学校并不多，最终我把目标聚焦在杭州师范大学和南京的一所工科大学上。

2012年，那一年天猫双十一还没有1207亿的销售额，那一年淘宝还是中国老百姓眼中的新兴产业，但那时候马云已经是人们眼中的神话和英雄。再三衡量之后，我确信自己想要展开新人生篇章的地方是杭州师范大学，我志愿填报的是阿里巴巴商学院网络营销专业。然而新的问题来了，那一年杭师大在山东只招收五个学生，我的高考成绩对于上这所大学并不保险。当时我说的一句话，至今我还会在家里和将要高考的朋友炫耀：如果上不了想要去的大学，上其他任何一所大学对我来说都是一样的，就报这所！结局是美好的，我成功地上了这所大学，暑假就此开始。

我本不想过多去写高中时期，因为回头看十八九岁的自己，幼稚得让现在的我无地自容。恰逢我写这本书的时候是今年高考刚刚结束，很多高考成绩不太理想的朋友在微博上给我留言，他们表露出绝望甚至轻生的念头，当然也有很多年纪更小、学习成绩不够优秀的朋友留言，他们跟我说想要放弃学习。同样学习成绩很烂，同样高考失利，我只是想跟你们说，你们经历的很多事情我也经历过。可能你是在厚积薄发，可能很快你就会遇到你的那个伯乐和机遇，可能眼前的失利都是冥冥中注定，它只是一个跳板，让你以后拥有更好的人生。在未来的人生路上，你会遇到更多的人和事，你会觉得高考做错的那些题，貌似都错得刚刚好。

这一篇文章，我送给那些自以为高考失利的同学，也送给自认为学习不够优秀的同学，塞翁失马，焉知非福。有时候，事与愿违比如愿以偿更能让人成长，一切顺利反而会显得寡淡，就像高考这件事，它最美妙的地方并不在于如愿以偿，而在于阴差阳错。高考只是对过去三年甚至只是对那几个小时的考试的一次检验，它并没有权力决定你的人生，考得好的人以后未必会过得很好，考得差的人未来也未必不会闪闪发光，路还很长，好戏还在后面呢……

43.80%的人生

到现在，我的生命已经走过了20%，现在我要讲讲剩余80%的人生。

无论走过多少年，人生中总有一些过往的镜头令人无法忘记，这些镜头仿佛就发生在昨天。比如拿到大学录取通知书的那一刻，比如高三班主任跟我说："王子瑜，无论你高考考得好与坏都不要回来复读"；比如开学前爸妈一起开车送我去杭州；比如当时老家烟台的人已经穿长袖外套，而到了杭州却是40多度的高温；比如我们刚到杭州就迷路了，还有好多的比如，到今天都记忆犹新……

大学生活就这样在懵懂中开始了。我从熟悉校园、熟悉各条路开始，从试着跟室友讲第一句话开始，一切的一切好像都跟电视剧里看过的场景没有太大区别。从小就憧憬挣脱父母的束缚，憧憬那传说中说走就走的旅行，于是在大一学生会选拔之后的第二天，我在学姐的怂恿下预订了第二天飞往重庆的机票，自此开启了重庆、成都、佛山、九寨沟的川渝半月游。

写这篇文章的时候，刚好是九寨沟7.0级地震发生的第二天，中午我在微博上发出为九寨沟军民祈福的微博。闭上眼睛，我五年前游历九寨沟的景象还历历在目。最近几年，我游历过国内外许多旅游景点，但真正能震撼我心灵的还是当年九寨沟的那一抹云彩。天灾总是让人感到无能为力，或许是上天嫉妒九寨沟的美，只能用这种方式给它添加一点儿瑕疵。灾难无情，但往往这时候我们最能看到情义，驻川军警第一时间奔赴灾区，官方、民间的救援组织和物资也已经奔往灾区。每每看到这些消息，我就会不由得热泪盈眶。

大一这一年，是我真正享受大学生活的一年。我按时上课，期末就去图书馆复习，几乎没有谈过恋爱，直到遇到一次狗血剧情的转折。记得我们学校一个大型晚会选拔主持人，室友比较羞涩，求了我很久让我陪他一起去，结局很老套，我选上了而他落选。自此之后，学校里各种大小晚会都有了我的身影，到今天我还是想不通，明明只会说山东口音严重的普通话，为什么我会被选上主持人，难道真的仅仅是因为颜值高？哈哈！

我很庆幸度过大一这一段大学生活，学习、玩乐、参加学生活动，让我真正体会到大学的意义。我现在和每一个还没有上大学或者准备放弃上大学的朋友都在说上大学的意义，大学是从学校到社会的一个转折点。在大学这个小社会里学到的不再仅仅是知识，更多的是为人处世，学到的不再是依靠老师和家长，一切靠自己。我自始至终没忘记来这所大学的目的和追求，创业的想法每时每刻都充斥在我脑袋里。这个时期，我每天都在想我要创业，每天见人就说我要创业，但自己并没有想好要做什么，并没有真正的可行性方案。

现在很多想要创业的朋友也会有这样一个阶段。有人在微博上告诉我，她也想跟我一样创业，但却不知道自己要做什么。每当这时候，我总会告诉她不仅仅要想你想做什么，更要想你能做什么。资金不够就先想办法筹集资金，经验不够就先去同类企业实习，知识不够就先去沉淀补充知识，创业不是说说就行，最终一定要落地！你要去动手做，做你现阶段能做的事情，不要害怕，不要畏首畏尾，真正做了才会发现更多的问题，才会解决问题，才会真正向前走。所以，我动手去做了……

44.创业初体验

我想了很久创业部分怎么写，这是我最想和大家分享的经历，也是不知道从何写起的部分。我不知道该怎么把回忆故事写得不像流水账，不知道该写创业过程中正能量的部分还是该写我遇到过的人生低谷。我想最简单、最真实、最纯粹地去写，我想这样对你们也许会有帮助。

当初我报考大学很大程度上是受了马云学长的影响，因此我报考了杭州师范大学阿里巴巴商学院，抱着无数憧憬来到学子眼中的电子商务殿堂。很多人认为去师范大学不就是将来做老师吗？真的不是这样。难道从交通大学毕业的学生全是指挥交通吗？从农业大学毕业的学生就要养鱼养猪？很多大学名称只是历史遗留下来的，也可能是地理位置的原因造成的，或者为了凸显强势学科，才用这样的校名。

言归正传，从我决定上这所大学起，我对自己的目标计划就很清楚，来学习怎样做一个商人。虽然当时想法很稚嫩，总以为商人是学出来的，只要有了好的老师好的前辈，学习了别人的成功经验，我就能成为一个好商人。直到后来我才明白，商人不是学出来的，是做出来的。

2012年，中国互联网创业还是一片蓝海，那时候淘宝创业门槛很低，互联网在PC端而不在移动端。我第一次接触创业是跟我学姐一起开始，从制作网站开始。我先介绍一下我这位学姐，她是我的副班，我们暂且叫她峰。副班是大学里的副班主任，他们通常是高年级的学长或学姐，来协助班主任管理刚入学的大一新生。她个子不高，但看她一眼，就能感受到她强大的气场，是都市女性干练形象的典型代表。虽然我跟她入学时间差两年，社会经历差两年，但由于我们有共同的理想和目标，我们很快达成共识，搭伙一起创业。

当时淘宝创业风潮很强，门槛又低，我们学院就给学生开专门的淘宝课，找淘宝内部重量级讲师来授课。当时我对淘宝的了解知之甚少，内心里认为淘宝创业比较low，甚至有学生给校长写联名信强烈要求取消淘宝课，他们认为自己来做大学生，怎么可以学习开淘宝店那么low的东西。随着一个又一个网络品牌创造奇迹，成功上市，现在回过头来看那些人井底之蛙的想法是多么可笑。当时我跟峰的想法也是这样，我们把开淘宝店作为创业方案里最底层的备选方案，于是开始了我们所谓“高大上”的创业考察之路。

我们首先想到的是做一个自己的零售网站，眼高手低的我们想成为马云，想成为陈欧。建设网站，我们不会写代码，没技术的我们只能寻找外包公司。我已经忘了峰是通过什么渠道找到了一家杭州同城的网站搭建外包公司，于是周末我们和对方公司负责人约在一个茶馆见面，那是我第一次喝花茶。谈话内容很简约，无非是我们给他多少钱，他提供多少服务。合作最终没有谈拢，因为对于两个经济来源完全依靠父母的大学生来说，实在付不起几万元服务费。谈判细节我几乎忘光了，唯一让我印象深刻的是对方是个戴着黑框眼镜的胖子，他请我们喝水果花茶。现在回想起来，我非常庆幸那次失败的谈判，因为电脑端购物时代在两年后就结束了，手机移动端购物潮到来了，那次失败的谈判让我们避免了成为一个时代末尾入局的牺牲者。

搭建网站创业想法破灭之后，我们决定从传统行业做起，这段经历我在后来参加的电视节目中也提过。恰巧峰的一个亲戚在有“中国袜都”之称的诸暨市有一家小型袜子工厂，于是我们打电话短暂交流之后就踏上了去诸暨市的火车，年轻人不考虑后果的愣头青属性暴露无遗。还好，对方是峰热情好客的亲戚，不是什么传销组织，否则今天我可能还被关在某个小山村的大院里睡大通铺呢。

峰的亲戚很热情，带我们参观袜子工业各个流水线，认识每个环节的负责人，讲述他的创业人生，临走前还送了我一麻袋各式各样的袜子。正是这一麻袋袜子，让我第一次体会到人情冷暖。

那年暑假，我背着一麻袋袜子回到家乡。在家乡的服装市场，我用最笨的方法挨家挨户推销，希望可以拿到订单。然而事与愿违，我得到的结果是一次又一次被赶出店铺，一次又一次被冷嘲热讽，“哪儿来的小屁孩，拿了一些什么烂货。”就这样，在四十多度的气温下，我背着一麻袋袜子跑遍了整个服装市场，然而别说是订单，连愿意仔细看一下我产品的店老板都屈指可数。无数的冷嘲热讽朝我袭来，有的甚至上升到人身攻击程度。我的自信心受到了严重打击，甚至一度产生自我怀疑，怀疑自己是不是选错了路，是不是应该回学校去安安稳稳地好好读书做个好学生。

写我创业初期的两个惨败故事是想说明什么呢？有很多创业者，特别是跟我当初一样的创业者，在创业初期都会遇到很多类似的困难：找不到合适的方向，像无头苍蝇一样到处乱碰；因为自身的能力问题处处碰壁，处处受挫，一度对自己产生怀疑。大部分人在这个时候都“理所应当”地选择了放弃。但那些选择放弃的人却不知道，这些失败正是一个创业者不可或缺的垫脚石，这一步既然踏出去了，就一定要坚持。

我当时十分消沉，食欲不振，夜不能寐，每天不停地反思自己，不停地问自己，还要不要坚持？还好，我最终选择了坚持。在之后的暑假里，我动用父母的人脉关系，考察我们那个小城市里各行各业的优势产业。最终，我跟峰决定动用我们创业计划里最底层的项目——开淘宝店，而产品选择了海参！

我的家乡烟台是沿海城市，海参可以说是这里除了苹果之外最大的特产。养殖海参的渔民不仅数量庞大而且产品质量上乘。我跟家里一个销售海参的亲戚谈好代发货的流程，就提前回到学校开始准备开店铺的事情。作为一个小白，这个时候通常的想法是“抱大腿”，于是我跟峰找来一位风云学长，当时他的淘宝店已经做到某类目第一名，他的团队是当时全校学子向往的黄金团队。我们“斥巨资”请学长吃了一顿饭，听他讲了很多运营淘宝店的技巧，现在来看，他当时讲的都是开店的基础知识。说实话，当时我几乎一句都没听懂。

一切都是从零开始，我一边在网上看教程，一边学着把店铺开起来，所有店铺装修、上架货物、制作详情页都是我跟峰一边摸索一边慢慢完成。虽然辛苦，但对于当时的我们来说获得的满足感根本无法形容。之后，我们开始漫长地等待客户到来。这期间，我们通过学习网上教程做了很多不需要付费的推广。我们每天看着店铺后台惨淡的浏览数据，等待着第一个订单的到来。功夫不负有心人，大概一个多星期之后，我们接到了第一笔订单。我们看到订单的时候反复确认了很多遍自己是不是看错了，那天晚上为了庆祝我们店铺首卖，我们一起吃了顿大餐。之后的淘宝运营越来越得心应手，我们逐渐熟悉了淘宝的运营思路，逐渐学会了使用直通车、淘宝客等付费广告工具。

一段时间之后，我们的店铺已经每天有几百元的销售额了。这种情况持续到中秋节，我们的淘宝店终于迎来了一次质的飞跃。中秋节的时候，我们推出了独具特色的海参月饼，作为全网独此一家的高端月饼，我们成功报名淘宝网中秋节官方活动。在活动当天，我跟峰分工行动，她在杭州做客服接单，我独自跑回山东仓库亲自发货。我们的努力获得了足够的回报，海参月饼创纪录地卖掉了几百盒，按照每盒近两百元的单价，那一笔收入对于大学时候的我们的确是一笔巨款。

我创业初期阶段的经历就写到这里，之后组建团队、创办公司，又迈入了另一个新的阶段。在创业初期这一年时间里，我得到了极大的锻炼，毕竟大部分事情都需要我亲力亲为，当然我也走了很多弯路；而精神上却是无比轻松愉悦，获得了极大的满足感。因为我能够解决自己的学费和生活费，不需要向父母要钱，这对于当时的我来说，已经凌驾于大部分同龄人之上了。

我时常觉得，创业初期所获得的满足感可能是人生毕生追求的最佳状态，想要得到的东西越少就越容易满足，知足常乐。创业初期的满足感，我很难再体会到了。今天回忆起这段时光，我嘴角还会不自觉地微微上扬。

45.创业进行时1

人往高处走，水往低处流，有多大能力就会有多大的眼界和抱负。随着时间的推移，人生目标也会发生变化，我也是这样。

有了创业初期开设淘宝店的经验和技术积累，经历过淘宝店小有成就的小辉煌，我对自己的事业规划不再仅仅停留在一个普通的淘宝店主上。这时候，我又开始陷入新一轮的迷茫，就像刚开始创业不知道自己可以做什么时的迷茫一样。我似乎遇到了瓶颈，不知道该怎么去提升扩大自己的事业，这种状态持续了几个月。后来我终于想明白，之所以产生瓶颈，还是因为自身能力不足，我现在最重要的是充电和学习。说到学习，很多人第一时间想到的是书本和老师，我却更加重视实践，于是在2013年双十一期间，我果断找了一家著名的电子商务公司做兼职工作。

在生活中，我是一个慢热的人，遇到不熟悉的人，我不会去主动跟人打招呼，更别说嘻嘻哈哈谈天说地。然而，我来这家公司兼职工作的原因不是为了每天赚一百块钱，而是希望在这有限的时间里能够了解清楚电子商务公司的运营模式、团队建设等情况。于是我在工作的同时，彻底化身为一个话痨，一有时间就拉着客服总监、运营总监聊天。在短短的十几天时间里，我不仅对电子商务公司运营体系有了详尽的了解，而且跟公司里很多同事都成了好朋友，由此也让我遇到了之后让我的事业产生翻天覆地变化的一个人。

双十一结束之后，虽然我不在那家公司兼职工作了，但是在兼职工作期间认识的公司朋友却经常约我一起吃饭、喝酒。在一次跟公司朋友喝酒的时候，我遇到了公司财务总监的弟弟，我们暂且叫他阿程。

阿程长我四岁，除了在喝酒的时候，其他时间是一个话很少的人，慢热的我、话少的他在一起喝了两次酒之后竟然都从未说过一句话。那个时候，我怎么也不会想到他会成为我之后事业的合作伙伴。我们认识之后我才慢慢了解到，阿程已经工作两年了，一直在做电子商务推广专员，他感觉晋升空间狭小，最近刚刚辞职，对未来的规划他也没有想清楚，总的来说就是一个待业在家的技术男。有一次酒过三巡之后，我坐到他身边说："阿程，来跟我一起干吧，我们一起开公司。"三天之后我收到阿程的答复：好的。听起来好像有些草率，但就是这么草率的回复，决定了我们联盟。

我把阿程的答复告诉峰之后，很快就得到峰积极响应，于是我们的第一家公司就这样成立了。公司合伙人是比我长两岁的学姐和比我长四岁的大哥，然而这家公司最大的股东却是年纪最小的我。现在想来，那时候真的十分感谢他们两人倾尽所有的支持。公司刚开始的时候还算顺风顺水，我们最先做的业务是阿程之前公司类似的业务——淘宝直通车推广代理。我们开辟自己独特的营销模式，加之阿程两年工作经验的技术支持，公司接到的业务越来越多，人员规模也不断扩大，经过小半年时间，我们公司就从最开始的三个人发展到三十多个人的规模。业务发展总体来说比较顺利，每天小单不断，大家工作很努力，激情满满，但是却始终没有接到真正的大单。

“皇天不负有心人，只要努力就会有收获”，实践证明这句话有道理！由于之前我开过海参淘宝店，所以对于这个行业我也一直在持续地关注和深入地研究。一天，我通过家里的亲戚了解到烟台一家海参龙头企业准备发展电子商务渠道，于是第二天我就迫不及待地打了飞的飞回烟台。通过亲戚的介绍和引荐，我很容易就见到了这家企业的负责人，再加上老乡之名，整个谈判过程异常顺利。对方和我约定，十天之后来我们公司进行实地考察。怀着兴奋的心情我回了杭州，然而新的问题接踵而至。

对于我们刚刚起步的创业者来说，整个公司的环境一切从简，当时整个公司就是一个大通间，几十张整齐排列的桌椅和电脑，作为公司老板的我甚至没有一个独立的办公室，更不要提独立的会议室，客户来了到哪里谈判？我们最昂贵的交通工具就是一辆二手电瓶车，难道打车去机场接客户？那岂不是会被客户看低公司实力，可能直接导致合作破裂。作为一个标准的创业狗，每天三餐都是外卖盒饭，公司周围有什么高档的饭店和酒店一概不知，难道招待客户中午吃盒饭，难道晚上住招待所？到了这个时候，我才发现面子工程其实并非完全是爱慕虚荣的表现，它的确是增强自身底气和促使合作成功所必需的一个环节。

认识到问题的严重性之后，我和峰、阿程立即分头行动解决问题。我负责去隔壁公司借办公室和会议室，阿程负责去找朋友借车，峰负责联系酒店、饭店安排接待流程。临时抱佛脚的确有效果，我们在隔壁公司临时改造了一个会议室和一个特别豪华的办公室，阿程也从朋友那里借到了一辆大众途锐，峰预订了一家最有情调的餐厅和一家四星级酒店，甚至对每一个员工的着装和言语我们都做了统一培训，一切就绪只等东风到来。客户准时来了杭州，由于我们面子工程做得很到位，所以整个谈判很顺利，对方约定回去之后跟我们及时对接合同细节问题。

在这次谈判中发生了一件辛酸的小事，让我至今记忆犹新。当时参观完公司谈完合作之后，客户想去考察一下杭州的海鲜市场，了解一下杭州市场对海参这种北方高档补品的需求情况。作为东道主的我跟阿程当然要尽地主之谊，于是我们两人开车载着客户参观了杭州的四个著名海鲜市场。每个海鲜市场的面积都很大，再加上长时间开车，最终的感觉是腿快要走断了。

参观完海鲜市场之后，我们带客户去一家足浴城做足疗，价格是每人298元，时间是一个半小时。我们开了两个包间，客户和他的助理在一间，我和阿程在一间。客户进了房间之后，我跟阿程立即退掉了我们那一间，因为太贵！之后的一个半小时，我跟阿程是在车里大眼瞪小眼度过的。看着时间快要到了，我们赶紧回到足疗城大厅，假模假样地跟客户寒暄着这家店的按摩手法还不错。直到今天，我跟阿程还会偶尔讲起这段辛酸往事，对于刚刚起步恨不得一分钱掰成两分钱花的创业者来说，根本不会顾及自己享受，只会一心想着把钱花在刀刃上。

之后的十多天里，我们都在谈熬人的合同细节。对于公司第一个大项目，我们把合同看得十分重要，谈合同的过程冗长而烦琐。虽然我每天跟对方抠合同细节搞得很疲惫，但是一想到公司终于签了大项目，我开心得睡觉都会笑醒，之前付出那么多努力终于有了回报，我们将公司一年的发展规划都围绕这个大项目重新做了调整，仿佛一切都在往更好的方向发展。

然而半个月后，就在所有合同细节已经谈判完毕即将签合同的时候，一天早上醒来我收到一封电子邮件，邮件是对方公司老板发来的。邮件中写道，由于公司内部原因，他们与另外一家北京电子商务公司签约，取消了与我们合作。晴天霹雳！看到电子邮件之后第一时间，我把电话打给了对方，然而得到的回复是跟电子邮件内容几乎相同的官方回答。对方表达了对我们真诚接待和负责任的工作态度的感谢，但同时表达了无法继续合作的确定性。木已成舟，已经无法挽回。那时的我，似乎一瞬间失去了记忆，垮了，人生中第一次感觉被彻彻底底地击垮，遇到有史以来最大的挫折，因为付出太多，寄予期望也太多，所以受到的打击也是毁灭性的。

实际上在公司发展过程中，客户无故毁约的事情我经历过很多，只不过再发生的时候我都能很坦然地面对，当时第一次遇到这种事情的我实在无法承受。那一天，我独自去隔壁写字楼的车库里，什么都不想做，手机关机，把自己与世隔绝，感觉天塌了。我觉得自己对不起大家，对不起大家对我的信任，不知道该怎么去面对公司的员工，甚至不知道该怎么去面对这个世界，放任自己在那里颓废着。一个、两个、三个小时过去了……不知道外面的世界发生着什么。最终还是峰找到我，记得她找到我说的第一句话是：“天塌了我们陪你一起顶着，你不能倒下，我们都需要你。”之后她说的很多话我都不记得了，无非是讲道理激励我，说了很久很久……

之后，我逼着自己站起来，偷偷哭完了，还要笑着走进办公室，还有几十号人在看着我，还有事业继续需要我去做！

在这几年的创业生活中，我总结出一个规律：坏的事情通常不会只发生一件，它们总是成串地发生。这个规律在当年也得到了验证，可能落井下石是命运的专长。

创业依旧，工作依旧，我大概用了一周时间才消化50%的悲伤。此时，有一个日子很不合时宜地到来了——我的生日。我原本准备以生日为名让所有员工一起聚餐，消除笼罩员工们一周时间的阴霾。生日前两天的晚上，阿程约我出来聊天，结合阿程这几天低落的心情，出门前我就有了很不好的预感。果然，阿程对现状很不满意，决定退出。在几年后的今天，我对阿程当时的决定完全理解，相比我和峰初生牛犊不怕虎身后没有任何顾虑的创业，当时阿程身上却承担着不一样的压力和责任。

阿程每月要还房贷，他需要的是能够立即解决收入问题，一份稳定的收入远比一味地付出虚无缥缈的创业要来得实在。

当然，这些观点是我今天的想法，可是当年的我，满身棱角的我，在得知这个消息的一瞬间就炸了，当时的我根本没办法理解他的选择。我把公司当作自己的孩子，不计回报地付出，我想当然地认为阿程也应该是这样想的，我不理解他怎么可以这么轻易就放弃自己的孩子。我跟阿程吵得不可开交，因为海参项目流产，我心中积攒了一周的怨气在当时毫无保留地爆发出来，怨气变成一把把淬满毒液的语言利刃扎向阿程。最开始阿程选择忍让，在他心里擅自选择退出还是有愧疚的，直到忍无可忍，他选择了同样的方式进行疯狂地反击。

这一次争论，峰站在了阿程那一边，那是我生日的前一天。

那一年，我度过了一个终生难忘、在之后的人生里被自己反复提起的生日。人在异乡，身边没有亲人，没有朋友，创业受挫，项目流产，合伙人退出，仿佛所有的灾难商量好了似的一起砸到我身上。那个生日，我自己一个人去了餐厅，点了一碗面，加了一个鸡蛋。

我曾在录某电视节目的时候说到过这段经历，提到过那个生日，在生活、工作中有很多次提到过这个生日。可能我不断地提起只是为了让自己记住以往的痛，从而更有动力去拼；也可能是在不断提醒自己当时的稚嫩和低情商所带来的伤害。今天，我想到那个阶段受过的挫折，反而心存感恩。那时受过的伤痛让我快速成长起来，因为逆境对人的成长才最有益处。

46.创业进行时2

写了好几篇我创业的故事，不知道在我创业初期遇到的事情有多少人遇到过，也不知道多少人能感同身受，我只希望把自己这几年最想和大家分享的经历分享出来。当然，这几年除了创业，也有生活，也谈过恋爱，但如果给这几年的生活贴上一个标签，那一定是创业。

我开通微博不久，很多朋友在微博里给我留言，希望我把自己创业的故事经历讲给大家听，现在终于有了这个机会，希望我冗长的故事会带给你一点儿启发或帮助。

故事继续讲。阿程退出之后，公司技术团队失去了领导者，于是我决定从内部培养领导者，目标定在公司刚成立的时候进入公司的三个老员工身上。可以说他们的资历一点儿都不低于我、峰、阿程三个合伙人，他们的技术是阿程一手带出来的，实力够硬。从一个合格员工成长为一名领导者的过程需要长时间的深度磨合，这段时间公司的业务不好不坏没有什么大的起色。

终于，某一天峰也坚持不下去了，她告诉了我退出的决定。这一次我没有什么大的反应，没有慌乱，没有崩溃，默默地接受她的决定，我们两人还吃了一顿散伙饭。不知道男人的成长是否都是这样，经历过一次大浪之后再遇到大浪都可以从容应对。峰走了之后，我正式提拔前段时间一直在磨合的几位老员工到管理层，新的管理团队让我感受到新的朝气和活力，我相信新篇章要翻开了。这时候，我终于明白很多人说“拥抱变化”的含义，一成不变只会迎来死亡，主动思变才能继续追逐朝阳。

新团队形成之后的几个月里，公司的招商效果有了显著提升，不断有大项目接进洽谈合作。每个人都会有第一次，于是我也迎来了我的第一次。

山东济宁的一个视力保护品牌，一个二十多年的老牌企业，在全国拥有两千多家实体店，是这个行业第一梯队的几个品牌之一。长期从事传统实体的企业对于向互联网转变极度渴求，但大多数企业都苦于没有技术和人才团队，于是这家企业想将互联网电子商务业务整体外包给我们公司。这么大的项目对我来说的第一次是什么？是去对方公司谈判。上一次我去海参厂家谈判有亲戚引荐并且全程陪同，之后对方来我们公司考察，所以自始至终我没有感觉到紧张。这次不同，我要独自一人去对方的城市和对方公司进行谈判，“紧张”二字已经不能形容我当时的心情，我的心情可以说是恐惧。

同样是山东人，说起来还是老乡，但济宁我却是第一次去。说到这里，我要好好地夸赞一番济宁，这个处处能够感受到孔孟文化的城市。这么多年来，我走遍祖国的大江南北，坐过各个城市的出租车，但我对济宁的出租车司机却念念不忘。我到达高铁站之后，对方公司安排出租车司机来接我，我上车之后被震惊了。几年前，在没有网约车而且出租车管理十分混乱的年代，我上的这辆出租车干净整洁，而且司机穿着统一的制服，这是我在其他任何城市都没遇到过的。司机开口的第一句话：“王老师，不好意思，让您久等了。”王老师？我第一反应是可能对方公司的人没有跟司机讲清楚我的身份，可能产生了误解。然而在之后的交谈中我才逐渐明白，这是当地习俗，人与人之间都尊称为老师，“三人行必有我师焉”，这句从小在课本上才会看到的话，在孔孟之乡济宁真正地成了现实。

谈判流程很世俗，没什么特别，无非是到达对方公司，对方好生接待、好吃好喝，然后参观公司，最后坐下来谈合作方式和细节。这次谈判为什么让我印象深刻？因为这是我第一次独身谈判，那年我大概二十岁，还是个孩子。我本来就很紧张，谈判的时候还出现特殊情况，对方公司对这次传统企业与我们互联网新生企业的合作十分重视，于是召集公司所有的高层以及每个分公司的负责人全部来到会议室。

你们可以想象一下，一个二十岁的“小朋友”第一次在人家的地盘上面对二十多个商场老手时候的情景。总之，那次谈判我紧张到无以复加的地步。我感觉全身器官已经僵硬，但还要表现出一副很淡定、得心应手的仪态，大部分时间我都被自己以假乱真的演技唬住了，直到口干舌燥拿起杯子喝水的那一瞬间，我才深深感觉到自己的无力，因为端水的手和手端的杯一起抖个不停。察觉到这一点，我想大概有一秒钟我的脸上露出了惊慌之色，下一秒还要表现得很淡定地将水杯放下。谈判过程和内容我已经记不清楚，唯有当时端水杯的一幕还会时常在我脑海中闪过。

说到最难忘的事，很多人都会说自己的各种第一次。刚刚说过我第一次独自去对方公司谈判，现在要说另外一个第一次。那是我们公司第一次竞标，是我在成立公司之后第一次感觉到自己的弱小。这次接触到的客户是公司成立以来实力最强的客户——浙江天子集团，是一家做饮品原材料供应的公司，业务依旧是将整个公司的电子商务业务外包。作为这种级别的公司，自然找了很多与我们同类型的公司进行竞标。为了这个项目，我们也做了充分准备，但毕竟是第一次竞标，总会发生很多意想不到的事情。

我坐了四五个小时的高铁之后，换乘汽车，临近中午的时候才到对方公司。我对这个公司最大的印象就是大，公司占地面积大，厂房大，办公室大，会议室大，办公楼前面还矗立着一个由上万个橙子组合而成的巨大橙子，无论是建筑还是人，整个集团从内到外透露着高傲。有竞标就要有路演，我第一次商业性质的路演可以说是一塌糊涂，我甚至都没带电脑，只带了一个U盘。我演讲之前到处借电脑，对方公司咄咄逼人的提问也让我无法有力地回答。

不出所料，我们丢掉了这个项目，但却给我之后的创业和人生好好上了一课。所谓的准备充分并不是完美无瑕，计划永远追不上变化，真正的自信和底气来自于对自身业务深入的了解以及对目标客户深入彻底的分析，只有胸有成竹才能做到处乱不惊，知己知彼，才能百战不殆。

47.创业进行时3

我最近很忙，工作上一堆事忙得我焦头烂额，经常每天工作十几个小时，吃饭也不规律，最终还是病倒了，感冒严重，起不了床，每次挤出时间继续写书，却总不记得上次写到哪里了。

前面写了我创业初期的经历，还写了很多公司发展期间令人记忆深刻的事。之后，公司发展比较顺利，大项目慢慢多了起来，公司规模慢慢扩大了，业务发展以及管理层的磨合也达到了炉火纯青的地步。公司巅峰时期，我们同一时间运营十几个天猫店，为上百个品牌提供电子商务咨询推广服务，我经常作为导师到各个地方进行演讲，可谓名利双收。但对于创业来说，必须不断去爬山峰，事业顺利也会有下坡路，事业触底要相信会有反弹。

我之前讲过，每每有了更大的发展，有了更高的平台，想要得到的就会更多，想要冲刺更高的山峰。这种心态对创业者来说是必须具备的品质，这也是做生意和创业的差别。做生意只要注重眼前利益和未来规划就可以，而创业需要不断冲刺，挑战更大的目标。很多时候，为了未来获得更大的利益，不得不放弃眼前的利益。这种心态的确是一把双刃剑，既可能让创业者获得更大的成就，也可能让创业者受到重创。下面我要跟大家讲一个贪心不足蛇吞象的例子。

很多人问我，在创业过程中得到的成就多还是遇到的挫折多？如果这样比较起来，当然是遇到的挫折数量要多得多。所谓的创业其实就是不断地掉坑爬坑，然后继续掉坑爬坑……只不过获得成功的时候，满足感要远远大于受到挫折时的挫败感的总和，这就是为什么很多人明明知道一路荆棘还要义无反顾去创业的原因。

继续说我的反面例子。在公司发展有了一些成绩之后，我不再满足仅仅为客户品牌做外包运营，而是想要拥有属于自己的品牌。于是我在公司原团队的基础上，分出两个骨干团队，重新成立两个分公司：一个化妆品公司，打造一个自己的化妆品品牌，主要通过线上推广线下铺货的方式展开市场；一个电子公司，打造一个自己的数码配件品牌，研发不同于市场一般产品的创新产品，通过互联网渠道进行零售。化妆品公司一直以来发展比较平稳，简单地说就是没赚到大钱，但也没有遇到大麻烦。电子公司前半年的运营没有大的起色，一直处于微弱亏损状态。于是团队人员经过商议，决定做一次大型活动，将产品销量提高，提高品牌曝光度，但这次活动让我遭遇了这几年创业过程中最大的一次挫折。

由于活动之前团队与天猫官方沟通失误，导致本来想要提高销量增加曝光度的活动变成了纯粹亏钱销售，几乎每天都要亏十几万，而且活动必须做完固定天数，不能中途停止。那次活动失误，导致几天时间内花光了公司一整年的利润，而且是以肉眼可见的速度在一笔一笔不停地亏损，但却无能为力。就像一把匕首一点儿一点儿地捅进胸膛，但双手双脚都被绳子绑着，没有办法反抗。

有人说，有一些极度悲伤的过往会被大脑强制自动删除，或者自动模糊，现在我真的相信这个说法了。我仔细回忆了很久那次重大失误之后我的状况，却发现记得不太清楚，只有零星的片段存在脑海中。我感觉当时极度崩溃，彻底无助，办公室门前的垃圾桶和花盆全被我砸得一塌糊涂，我甚至产生过想要跳楼的念头。至于其他细节，却完全记不清了。

这样也挺好，选择性失忆也未尝不是好事，记住教训，忘记痛苦，足矣。我对创业的回忆还有很多，经常在梦里回到某一个节点，在梦里的那个节点上，我做了不同的决定，那样会不会导致不一样的现在和未来？但那只是梦，过去不会改变，这或许正是过去的宝贵之处，它不会改变，它就在那里，它不同于现在却又影响着现在。不必对过去过分拘泥，过好现在，追求更好的未来更为重要。

创业这么多年，我要感谢的人很多。我感谢我的父母一直默默支持我，无论何时，他们依旧相信我；感谢我的合伙人和身边的朋友，感谢每一个帮助过我的人，因为他们的帮助才让我一次又一次渡过难关；感谢我的竞争对手和在事业上伤害过我、算计过我的人，感谢在创业过程中离开我的人，因为他们让我变得越来越强大。

感恩过去，感恩现在，继续拼搏未来。

48.创业未来时

那一次重大失误之后，我已经忘了多久才走出困境，但我依旧是我，依旧站了起来，公司还要继续做，还有很多项目要继续完成。最近很多人说“创业很苦，坚持很酷”，我也坚持下来了。没有过不去的坎儿，只有过不完的坎儿，这是每一个创业者都明白的道理。只不过经历大起大落之后，整个人会变得淡然，会更加感恩过去，更加安享现在，更加憧憬未来。当然，创业者还会不断试错，不断开拓创新。

去年我和马琰、霍霍、蔡乐共同创立“范蜜令”品牌，创意产生于一时兴起，品牌和产品诞生于大家共同的努力。虽然因为种种原因，这个品牌只运营了半年多时间就停止了，但我现在更看重的是在过程中学到成长。

我最近准备涉足新的领域——餐饮业。一直以来我都以吃货自居，一直梦想着探索一个超级吃货的终极奥义，开一家属于自己的餐厅。这个想法在我头脑中产生好多年了，现在终于有机会把它实现。涉足新领域又让我产生了创业初期的喜悦和动力，对新领域的探索反而让我充满干劲儿。同样，这个过程中有无数的坑，有无数新人要走的弯路，我现在正逐渐地经历着，跟当年最初创业时一模一样。然而，我也享受着一边摔跤一边前行的快感，相信我的烤肉店在这本书出版的时候已经跟大家见面了。

我是个高级吃货，不仅喜欢吃而且喜欢研究做菜。所以，我决定做一个美食博主，最近我已经开始录制美食视频，又是一个新领域、新尝试。要拍摄一个好的美食视频可比单单把一道菜做得好吃困难多了。写脚本，改内容，拍摄素材，后期剪辑……一个三分钟的美食视频要改十几遍脚本，要拍摄十几个小时，要用一个星期的时间完成后期剪辑，每一分每一秒都是汗水和创意的结晶。

前几天，我刚刚拍摄完第一条美食视频，整个拍摄过程从早上九点连续拍到晚上九点，中间没有休息时间，我和摄影师一整天都没吃上一口饭。但我相信，努力就会有回报，在未来的某一天，人们谈起微博上的美食博主，大家一定会想到王子瑜。

我最近还养了一只猫咪，名叫money。我曾在录电视节目的时候说过，小猫小狗我都喜欢，但我不会养。我以为我这辈子都不可能会养宠物，直到半年前阴差阳错地养了money。真没想到一只猫会给我的生活带来那么多的乐趣，想来也会给我的人生增添更多的色彩。

我最喜欢走在路上的感觉，创业还在继续，生活还在继续……